AF196314

Jürgen Gisselbrecht

Springtide

www.tredition.de

Erste Auflage
© 2016 Jürgen Gisselbrecht
Alle Rechte vorbehalten.

Lektorat: Martina Takacs
Umschlaggrafik: Kerstin Bober

Verlag: tredition GmbH, Hamburg
Printed in Germany

ISBN:
Paperback: 978-3-7345-3670-0
Hardcover: 978-3-7345-3671-7
e-Book: 978-3-7345-3672-4

Bibliografische Information der Deutschen Nationalbibliothek:
Die Deutsche Nationalbibliothek verzeichnet diese Publikation in
der Deutschen Nationalbibliografie; detaillierte bibliografische
Daten sind im Internet über www.dnb.de abrufbar.

I.

Heute muss SIE kommen. Heute werde ich SIE endlich wieder in die Arme schließen.

Es ist Frühling geworden. Ich vermisse Buschwindröschen. Auf dem Sandboden wachsen sie nicht. Ich denke an Madonnenlilien.

Am Horizont das Schiff. Gespannt sehe ich aus dem Zugfenster. Das Wasser ist vorangegangen, einen großen Schritt: Flut. Genug Wasser für das Passagierschiff Rosa, damit es am Inselhafen anlegen kann.

Heute muss SIE kommen. Heute muss die Rosa mit IHR ankommen.

Das Meer züngelt, zerrt am Bahndamm. Tuckernd fährt dem Hafen entgegen die Inselbahn. Der große Teppich Meer wird sich über sechs Stunden wieder eingerollt, das Wasser sich zurückgezogen haben.

Weit in das Meer hinein ist der Hafen gebaut.

Til, der Inselglaser hat es erklärt: »Ein Kranz Stahlspundbohlen ist um den Hafen herum gelegt, so ist er unverwüstlich geworden.«

»Unverwüstlich wie die Wüste?«, fragte ich.

Die Inselbahn liegt mit drei Waggons und mir als einzigem Fahrgast wie ein gestrandeter Wal am Hafen. Das Passagierschiff Rosa wird festgemacht; an der Reling stehen gebannt die ersten Passagiere. Ob SIE wohl müde ist? Wird die dreistündige Seefahrt nicht zu viel für SIE gewesen sein?

Vor der Gangway der Rosa stelle ich mich auf, verfolge den kurzen Weg der Menschen, die vom Schiff auf die Insel gehen, suche fiebernd nach einem Zeichen, Lippen, Augen und Haaren von IHR. Die meisten Menschen beachten mich nicht, und die, die mir flüchtig in die Augen sehen, kenne ich nicht. Von einer alten Frau werde ich zur Seite geschoben, so wie man einen fremden Koffer beiseiteschiebt.

Die meisten Menschen kommen nicht allein. Ehepaare schlendern über die Landungsbrücke, Kinder springen und hüpfen vereinzelt um sie.

Wenige Frauen kommen allein auf die Insel. Einige bleiben stehen, kümmern sich um ihr Gepäck. Diese sehe ich besonders lange an, bis sie sich abwenden. Ich sehe auf Lippen, die nicht IHRE Lippen sind, die nicht das Rot von Leuchtreklame haben. Diese Lippen sind blass, zerfurcht, oft zerbissen. Ich sehe in Augen, die nicht IHRE Augen sind, die nicht das Grün von Absinth haben. Diese Augen dort bestehen aus Tee, braunem, ungezuckertem Tee, oft milchig verschleiert. Diese Haare sind dunkel, verweht. Haare wie Marilyn Monroe haben sie alle nicht. Diese Haare flattern blass im Wind, werden zu verschwommenen Strichen, die nicht IHR Haar in den Himmel malen.

SIE ist wieder einmal nicht gekommen. Sicher kommt SIE morgen oder in den nächsten Tagen. SIE benötigt noch ein wenig Zeit für alles.

Die Bahntrasse führt vom Hafen über den Deich zur Insel und zieht sich lange Kilometer hin. Treibeis kann ihr nichts mehr anhaben.

»Vor zwanzig Jahren hat Treibeis den Bahndeich und den alten Hafen zu holzigem Brei gepresst«, sagte Til, »aber selbst die Bahntrasse ist jetzt bombensicher!«

Darüber musste ich lachen, Til aber schüttelte verärgert den Kopf, ließ sich aber trotzdem in die Pupille, eine Kneipe mitten im Dorf, einladen.

Tage später lud mich Til ein, seine Glaserei anzusehen, und ich besuchte ihn gleich am nächsten Tag. Til schnitt gerade Fenstergläser zu und zeigte mir wenig später die Werkstatt, all die Fenstergläser und Fensterrahmen. Überall an den Wänden verstreut hingen Fotografien seiner früh verstorbenen Frau; Til hatte ihre kastanienbraunen Haare sehr geliebt.

Röchelnd fährt die Bahn an. Ankommenden tönt das Pfeifen als Schrei eines eisernen Vogels. Grauer Bahndunst wirbelt mit Meeresluft vermischt in jeden Mund. Nachts wache ich oft auf, schmecke diese salzgeschwefelte Luft, die in der Rachenhöhle nistet, und starre auf die Schattenspiele an den Wänden: Rote Leuchtreklamelippen sehe ich, Augen von Absinth, Haare wie Marilyn Monroe. Sie. Dann vergrabe ich mich in das Kissen, während Speichel mir aus den Mundwinkeln fließt. Manchmal stehe ich auf, trinke Wein; manchmal schlafe ich auch wieder ein.

Ich schiebe mich langsam durch die Abteile, sehe noch einmal auf die Angekommenen – die Frauen. Die Frau, die ich suche, ist nicht angekommen.

Wenig später, als ich durch die Abteile gegangen bin, die Bahn unter rostigem Quietschen auf dem winzigen Sackbahnhof hält, habe ich alles getan, was ich tun muss. Ich suche. Suche SIE.

SIE, so tuscheln bereits einige Insulaner argwöhnisch, gebe es nicht, habe es noch nie gegeben, niemals. Andere zeigen hinter meinem Rücken auf mich, würden SIE gerne für mich aus dem Meer fischen, vom Festland einfangen, mit einem großen Schmetterlingsnetz. Man munkelt, ich hätte vor einem halben Jahr diesem oder jenem Ankommenden sogar eine Fotografie von IHR gezeigt, die schon drei Tage später vom Wind verweht, vom Meer verschluckt geblieben sei. Dann erst, so meinen jene, hätte ich angefangen mit dieser wunderlichen Beschreibung einer Frau mit roten Leuchtreklamelippen, mit Augen von Absinth und Haaren wie Marilyn Monroe. Einige Insulaner sahen in die Augen ihrer Frauen, und obwohl sie grün waren, konnten sie keinen Absinth erkennen; die Lippen ihrer Frauen sind von Salz und Wind rosa gegerbt; ihre Haare sind kurz geschnitten, damit der Sturm sie nicht verknote. Kein Insulaner kann sich DIE Frau vorstellen, die ich suche. SIE aber wird sicher bald kommen, und die Insulaner werden SIE endlich sehen und kennenlernen.

Kein Insulaner kennt meinen wahren Namen. Hier und da tauchte ein Name auf, der aber bald wieder ins Ungewisse verschwand, und niemand wollte es auf sich nehmen, etwas zu erfinden. Dennoch rief mich irgendwann einmal irgendein Spaßvogel Leuchtreklamemann – und dabei blieb es. In der Pension von Anna Levin, in der ich wohne, habe ich auf dem Anmeldebogen für Name, Vorname und Anschrift drei kleine Kreuze gemacht. In der Spalte für das Geburtsdatum drehen sich zwei ineinander verschlungene Kreise, der Ankunftstag ist verkleckst, der Tag der Abreise papierweiß. Seit letztem Sommer bezahle ich das Zimmer pünktlich. Und ist SIE erst einmal angekommen, werde ich mit IHR zusammen einen neuen Anmeldebogen ausfüllen und dann IHREN Namen daruntersetzen.

Die Angekommenen zerstreuen sich in drei Himmelsrichtungen. Meine Unterkunft liegt im Westen der Insel. Ich benutze den geteerten Weg, auf dem einzig Pferdegeschirr und Fahrradklingeln eintönig scheppern. Der Weg ist nicht weit, nicht einmal zwei Viertel einer Stunde werde ich benötigen.

Viertel, vierteln – meine Zeit zu vierteln begann ich schon bald. Ein Viertel Schlaf, das zweite, um den Schlaf zu überwinden. Das dritte und vierte Viertel für Unrast und Erwartung. Der Bruch der Zeit, der echte Bruch. Der Nenner bleibt immer gleich, aber der Zähler verrutscht wie Geröll auf einem Berg mit leichter Neigung, das immer wieder auf den Berggipfel hochzuschleppen ist. Jetzt schlafe ich manchmal neun Stunden, und der Tag hat mich gebrochen. Das zweite und das dritte Viertel müssen neu geordnet werden. Geröll türmt sich schwarz in mir auf. Auf der Insel muss ich sogar mit der Zeit von Flut und Ebbe rechnen. Wann kommt das Schiff an? Wann gibt es genug Wasser, damit die Fahrrinne so hoch mit Wasser gefüllt ist, dass das Schiff mit IHR ankommen kann? Jeden zweiten, zuzeiten auch nur jeden dritten oder vierten Tag kommt das Passagierschiff Rosa an. Bei starkem Ostwind ist die Rinne leer, das Wasser weit zurückgetrieben. So bleibt das Schiff oft viermal vier Viertel lang vermisst. Schließlich muss ich die Tage neu ordnen lernen. Wie viel Viertel davon benötigt der Schlaf und wie viel Viertel das Warten? Und SIE? SIE ist noch immer nicht angekommen. Aber SIE wird kommen. Täglich rechne ich mit IHR.

Die Sonne steht im dritten Viertel des Tages. Nach und nach überholen mich ein Pferdeomnibus und mehrere Einspänner. Straff halten die Kutscher die Zügel. Ein

Kutscher knallt gelangweilt seine Karbatsche über den Kopf des schnaubenden Pferdes. Fahrradfahrer grüßen kurz.

Pechschwarzer Straßenbelag schluckt meine Bewegungen. Vor der Krümmung der Straße steht still ein Einspänner. Davor der Kutscher, der sich mit seiner Karbatsche über die Finger streicht. Aus dem Fenster des Eckhauses reckt ein Mann seinen Kopf. Einige Stimmfetzen schwirren über die Straße. Ruhig halte ich die Arme am Körper, das Gesicht unbewegt, nur mein Mund zittert. Ist es die Einsamkeit meiner Gedanken, die Lust am fremden Wort, die Hoffnung auf einen Hinweis auf SIE, was mich ohne lange Überlegung auf die Unterhaltung zusteuern lässt?

»Zu mir hat doch letztens einer gesagt«, sagt der Kutscher, »wenn du mit fünfzig noch nicht zum Segeln gekommen bist, hast du etwas verkehrt gemacht!«

Der Kopf im Fenster nickt. Auch der Kutscher schweigt einige Zeit. Dann gleiten die geflochtenen Lederriemen der Karbatsche über seinen Handballen. »Meine Frau wartet mit dem Essen«, sagte er, wünscht dem anderen noch einen schönen Tag, macht es sich auf dem Kutschbock bequem, schnalzt mit der Zunge und lässt die Karbatsche mit einem scharfen Knall über den Kopf des Pferdes sausen.

Ich gehe weiter westlich. Langsam wächst der helle Punkt zu dem zweistöckigen Haus an, in dem ich ein Zimmer bewohne. Anna Levin, meine Wirtin, wird Obst und Gemüse in die Regale ihres Kaufmannsladens einräumen. Und ab und an wird sie ihre braunen Locken aus dem Gesicht streichen. SIE wird Anna Levin sicherlich mögen.

»Wie der Wanderer am Himmel sehen Sie aus!«, sagte sie einmal. Ich nickte bloß. Ein anderes Mal sah ich Anna Levin sogar auf der Düne. Und ich hob den Kopf gegen den Himmel, vielleicht auch mehr gegen das Meer. Lange, länger als eine halbe Stunde, stand Anna Levin auf der Düne, und ich ging weiter, immer weiter, bis sie ein dunkles Sandkorn am Horizont geworden war. Blau hatte sich der Himmel über mich ergossen. Am Abend kam ich wieder, und aus meinen hohen Schuhen quoll Sand. Und Anna Levin sah mich an wie den Mann im Mond, beschwerte sich nicht einmal über den Sand auf ihrem blauen Teppichboden.

»Sie sprechen wenig«, sagte Anna Levin, »so wenig, dass viele glauben, Sie könnten einzig jene Worte sprechen, die nach IHR fragen – rote Leuchtreklamelippen, Augen von Absinth und Haare wie Marilyn Monroe; Wortbrocken, die Sie auf die Ankommenden werfen.«

Ich aber ging langsam, ohne Antwort die Wendeltreppe nach oben auf mein Zimmer.

»Sie erinnern mich an Gerd, meinen verstorbenen Mann«, murmelte sie noch hinter mir her.

Schnell schließe ich nun auf. Anna Levin ist nicht zu Hause, sie räumt Obst und Gemüse in die Regale ihres

Kaufmannsladens ein. Ich gehe die Treppen nach oben, öffne meine Tür, entledige mich meiner Kleidung, kippe das Fenster und lasse die Jalousie nach unten fallen; wühle mich in das Federbett.

Einige Stunden döse ich. Am späten Abend besuche ich die Pupille. Dort trinke ich wenig. Zurück gehe ich am Meeresleuchten entlang und schlafe dann bis zum nächsten Morgen. Kein Mensch stört mich.

II.

Ausgeblieben ist es, das Passagierschiff Rosa; Motorschaden, sagte man mir gestern und vertröstete mich auf heute.

Irgendwo hinter dem Horizont, dachte ich, muss SIE sein.

Schleppend ging ich auf das Dorf zu. Auf die Steintreppen eines Kaufmannsladens setzte ich mich, sah mir länger als zwei Viertel einer Stunde die Kirchturmuhr an, das Zittern der Zeiger, bis die Ladentür pünktlich mit dem Dreiuhrgeläut geöffnet wurde. Drei Flaschen spanischen Rotwein packte ich an den Hälsen.

Zwischen Nachmittag und spätem Abend entkorkte ich sie nach und nach. Ein Rest von rotem Meer schwamm am Grund der letzten Flasche, bevor ich einschlief. Daran erinnere ich mich noch.

In der Nacht träumte ich von etwas, das ich nie für möglich gehalten hatte. Auf dem Festland habe ich nachts fest geschlafen, nie geträumt. Denn ich habe einen wunderbaren Schlaf; er ist frei von mir. Von einer goldenen Löwin und einem Fisch mit offenem Maul träumte ich. Ich selbst bin der Fisch, der schweigend auf einer hölzernen Krone steht. Unter mir schwarzes Meer. Die Löwin mit goldenem Fell fletscht ihre goldenen Zähne. Und sie hält eine lange, vollkommene Predigt, die ganze Nacht über, jede Silbe zäh in ihrem Rachen wiederholend.

»Solange du an meiner Tafel liegst, gibt deine Narbe ihren Duft. Geliebter, ruhe wie ein Beutel Myrrhe an meiner Brust.«

Auflachen musste ich, mitten im Traum. Eigenartig, Myrrhe zu riechen, zwischen süßsaurem Geruch von Haut und nackter Lust, die ich spürte; die schwelte.

»Denn ich bin krank vor Liebe!«

Lange suchte ich im Traum, woher die Predigt kam, suchte in Kindheitserinnerungen, in Sonntagen, an denen ich fahl und traummüde die moderige Kirche frühmorgens hatte besuchen müssen. Umdrehen durfte man sich auf keinen Fall, auch wenn die Orgel noch so schön spielte und hinter mir gekichert wurde. Umdrehen, das durfte um Gottes willen nicht sein.

Was hatte ich geträumt?

Eine Lilie unter Rosen ist meine Freundin unter den Mädchen, erinnere ich mich.

Lilien, Madonnenlilien verteilte ich in zwei hohen Vasen, hatte SIE sich angekündigt, einst auf dem Festland.

Möwen fangen sollte ich, träumte ich. Ich weiß nur etwas vom Pferdestehlen. In meinen Kindertagen hatte ich außer Süßigkeiten gar nichts gestohlen.

»Deine Brüste sind ...«, hier stocke ich, weiß nicht mehr weiter, habe den Rest vergessen.

Und von lautem Reden bin ich heute aufgewacht, das durch das offene Fenster dröhnte. Til stand eng mit Anna

Levin beisammen, vor ihrem noch verschlossenen Laden. »Wie ist es mit dem Fensterglas, soll ich es dir morgen einsetzen? Für dich würde ich das Glas ja sofort einbauen, das weißt du, doch ich bekomme erst morgen wieder neues Fensterglas geliefert!«, habe ich Tils knöcherne Stimme noch im Ohr.

Vor Anna Levins Antwort verschließe ich das Doppelfenster, starre auf ihre langsam sich öffnenden und schließenden rotflammigen Lippen. Langsam ziehe ich mich an, versuche die Sätze des Traums, dieser sonderbaren Predigt einer Löwin, wiederzufinden und laut vor mich hinzusprechen.

»Trauben am Weinstock seien mir deine Brüste«, fällt mir beim Überziehen der Socken ein. Mein Mund ist trocken, auf den Lippen hat sich eine rote Kruste eingebrannt.

Der Morgen hat erst begonnen. Ein Adler aus grauen Wolken schwirrt über dem Himmel. Der Weg zum Strand ist nass vom Nachtregen. Eine weiße Wolke mit schwarzem Absatz senkt sich in das Meer.

»Träfe ich DICH dann draußen, ich würde DICH küssen!«, flüstere ich.

Sand klebt an meinen Sohlen, das Gehen ist beschwerlich. Eine Silbermöwe fliegt mit festen, schnellen Flügelschlägen nach Osten.

»Fort, mein Geliebter, der Gazelle gleich«, höre ich vom Meer her meine Traumerinnerung branden.

Es ärgert mich, nicht mehr zu wissen, was ich träumte, woher die Worte kamen, aus welchen Ruinen. Weiter staple ich Klötze aus Silben, bis das Wortgebäude in sich zusammenbricht. Ich kenne seinen Sinn nicht mehr. Ich versuche dagegen anzugehen, anzurennen. Keckernd fliegt ein Schwarm Möwen vom seichten Wasser auf.

Weiter laufe ich am Saum des Meeres. Glänzend wölbt sich der kurze Rücken einer Muschel aus dem nassen Sand. Vorsichtig nehme ich sie auf, reibe sie trocken. Die matt gewordene Muschel zerdrücke ich zwischen den Fingern; eine Bö bläst die Kalkschalen ins Meer.

Möwen segeln vom grauen Himmel herab. In den Prielen picken sie nachlässig nach kleinen Fischen.

Und dann: schlacke Traurigkeit. In der Stadt verwandelte sich der Teerbelag aller Gassen, Wege und Straßen zu samtweicher Watte, in die ich einsank, die mich zu umhüllen drohte, wie der Kokon einer Spinne. Hier am Strand – Sand unter den Füßen, der körnig knirscht – habe ich Angst, als eines der unzähligen Körnchen in die große Sanduhr zu fallen.

Ich renne, scheuche den Schwarm Möwen auf. Klatschend fallen die Wellen übereinander. Auf meinem Rücken tanzt lauwarm die schläfrige Sonne. Sand scheuert zwischen meinen Zähnen.

Mutlos haste ich weiter. Mein Denken stolpert plötzlich über das Wort »Sandkuchen«, und stürzt in Kindheitserinnerungen, zerbröselt und zerfällt.

Große Hoffnungen hatte man nie in mich gesetzt.

»Fetter als ein Mops bist du und wirst noch platzen!«, sagten die Großeltern, als ich alt genug war, um zuzuhören, »Du schlingst in dich hinein, bis dir der Spinat aus den Ohren tropft. Aus dir wird nie etwas werden!«

Auf zwei Armlängen maß ich mit sieben Jahren die Reihe von Büchern im furnierten Wohnzimmerschrank. Verwundert und ernst blätterte ich mit zehn in einem Buch über die guten Sitten. Mit grummelndem Bauch las ich mit elf über die Sittsamkeit der Frauen wie über die Freuden der Ehe. Mit dreizehn schnitt ich dem Buch den Bauch auf und bekam für eine Woche Hausarrest.

Nicht groß war die Stadt, in der ich die »Nachwehen« meiner Geburt bis vor wenigen Monaten verspürte. Manchmal pocht noch diese Nabelschnur mir im Kopf, die ich ebenso wenig abklemmen kann wie diese Stadt ihre erstickende Langsamkeit. Verschwiegen liegt sie in einer Senke, in der sich die Dünste der Raffinerien und Menschen verdichten. Unter dieser nie abgeregneten Wolke durchfuhr ich gleichmäßig wie im Takt eines Ottomotors, der nicht weit von dort erfunden wurde, Kindheit, Jugend, Schule und Studium. Sogar als Arzt blieb ich in dieser übermüdeten Stadt.

Und plötzlich ist SIE nicht mehr erschienen. Lilien verblühten in der Vase, konnten ihren brennenden Duft nicht mehr auf IHRE sommersprossigen Wangen legen. Wenige Tage, nachdem das Zimmer einzig und allein den Lilien überlassen wurde, zerschlug ich auch die Vasen.

Eine Stadt auf der rechten Niederterrasse des Oberrheins – mehr nicht. Ein Arzt im kleinen Klinikum der Stadt.

Spät ist es geworden, ich bin lange am Strand gewesen. Am Nachmittag wird das Schiff anlegen, wahrscheinlich mit IHR. Ich will IHR zur Ankunft eine Lilie schenken und gehe mit festen Schritten auf das Dorf zu.

Das einzige Blumengeschäft der Insel führt keine Lilien.

»Rosen!«, sagt mir die Blumenverkäuferin, »Sie wird sich bestimmt auch über Rosen freuen!«, und lächelt mir geschwisterlich zu.

Ich hasse Rosen. SIE hat mir einmal eine schwarze Rose geschenkt. Bereits am nächsten Tag war sie verblüht. Das hasse ich an Rosen. Madonnenlilien hatte ich für SIE gekauft – immer. Und jetzt Rosen zu kaufen, wäre ein Verbrechen. Ich würde mich selbst mit einer Essigrose begnügen, aber IHR eine Rose zu schenken ...

Oft gingen wir in Wäldern spazieren, die dicht und schwarz waren, undurchdringlich. Dort pflückten wir Buschwindröschen. IHRE weiche Haut ... Ich vermisse die Buschwindröschen. Auf dem Sandboden wachsen sie nicht.

»Es ist bedauerlich», sage ich zur Blumenverkäuferin, »aber Rosen mag SIE nicht. Verstehen Sie mich nicht falsch, aber SIE mag Rosen nicht. Ja, SIE mag Rosen nicht. Nein, ich kann keine Rosen für SIE kaufen.»

Die Blumenverkäuferin fasst mir an die Schulter.

»Nehmen Sie!», sagt sie, »Eine weiße Rose für Sie. Eine Rosa alba für Sie!», lächelt mich wieder an, geschwisterlich.

Mein Kopf ist voller weißer Blüten. Ich rieche an der noch geschlossenen weißen Rosenblüte.

Ich laufe hurtig zur Pension, in mein Zimmer, nehme ein leeres Glas, fülle es halb voll mit Wasser und stelle die weiße Rose, die ich etwas gekürzt habe, hinein. Bald wird das Schiff anlegen. Ich muss mich sputen.

Ich renne, um das Schiff noch rechtzeitig zu erreichen. Ein Pferd wiehert, ein Fahrradfahrer sieht mir nach. Die Inselbahn steht bereits unter Dampf, als ich am Bahnhof ankomme. Außer Atem setze ich mich in ein leeres Abteil und ordne meine Haare.

Am Hafen wird das Passagierschiff vertäut. Nach einigen Minuten betreten die ersten Passagiere die Insel.

»Eine Frau mit Leuchtreklamelippen, mit Augen von Absinth, Haaren wie Marilyn Monroe», sage ich halblaut zu den Ankommenden.

Mit dem linken Ringfinger rückt ein Mann seine graue Hornbrille zurecht, legt den Finger auf die Lippen.

Kopfschüttelnd sieht er mir ins Gesicht und wendet sich schließlich der wartenden Bahn zu.

Eine Frau, weit über vierzig, kommt mit glänzenden Augen auf mich zu.

»Sie sagten, einen roten Leuchtreklamemund!«, flüstert sie. Wie eine Erkennungsformel flüstert sie es.

Ich achte nicht auf sie, blicke weiter suchend in die Menge.

»Sie sagten, einen roten Leuchtreklamemund, nicht wahr?«

Sie flüstert noch leiser, wie wenn sie zu einem kranken Kind nicht laut reden dürfte.

»Sie sagten ...«, setzt sie ein drittes Mal an.

Ich wende mich zu ihr. »Ja, rot. Rote Leuchtreklame«, stottere ich. »Und Absinth IHRE Augen«, setze ich hinzu.

Sie kann nicht die Frau sein, die ich finden will, die Frau mit roten Leuchtreklamelippen. Ihre Lippen liegen schmal aufeinander im sandblassen Gesicht.

»Absinth ihre Augen?«, fragt sie, nimmt verwundert die Brille ab und setzt sie schnell wieder auf.

Ihre Augen liegen hinter einer dickglasigen Brille wie brauner Sumpf.

»Nein!«, sagt sie, »Sie müssen mich verwechseln, lieber Mann. Was haben Sie denn für Sorgen?«, fragt sie und setzt nach einer kurzen Pause ein »Lieber« als Schlusspunkt. Dabei sieht sie mich unverwandt an, wartet aber vergeblich auf Antwort.

»Sehen Sie doch!«, sagt sie Minuten später, als ich stumm bleibe, und zieht an meiner linken Hand.

»Sehen Sie doch, wie schön die Sonne heute scheint!« Sie lächelt, wringt an meiner Hand, als wäre sie ein Handtuch.

»Lassen Sie das!«, erwidere ich barsch und befreie mich aus ihrem Haltegriff.

»Mögen Sie Rosen?«, frage ich sie, »Sicher! Oder?«, sage ich, »Sie mögen Rosen, nicht wahr?«

Die Antwort bleibt sie mir schuldig, geht geraden Wegs an mir vorüber. Dann gehe auch ich zur Inselbahn. Nichts hat sich ergeben. Ich verzichte, durch die Gänge zu gehen, sitze mit zwei alten Männern in einem Abteil, die wie Kinder lächelnd aus dem Fenster sehen, und denke an übermorgen, an IHRE Ankunft.

III.

Früher Morgen, schon bin ich wieder zurück vom Hafen – SIE ist noch nicht angekommen – und höre meiner Wirtin freundlich zu.

Um ihren Hals schlängelt sich ein buntes Seidentuch, ihre Stimme klingt weich. »Fünf Sommergäste sind im vergangenen Jahr im Meer ertrunken. Aber so hat es kommen müssen, denn zuerst essen die zum Frühstück reichlich, am Mittag noch zwei Happen mehr, und dann liegen die mit dicken Adern und blutleerem Kopf angeschwemmt im Sand«, sagt Anna Levin.

Ich versuche ein Lächeln, denke an die Buschwindröschen, die im Wald wachsen und die hier auf die Kissen gestickt sind und als Intarsien auf der Kleiderschranktür meines Zimmers violett schimmern.

»Leisten Sie mir doch ein wenig Gesellschaft«, bittet sie mich. »Bis es Zeit ist, den Laden zu öffnen, mache ich hier in den Zimmern und bei Ihnen noch ein wenig Ordnung. Bleiben Sie ruhig noch ein Weilchen!«

Anna Levin legt die schmutzige Bettwäsche auf ein bereits abgezogenes Leintuch, mit dem sie alles umschlingt, und verschließt es mit einem dicken Knoten.

Sie bückt sich, und obwohl ich gleichzeitig verwirrt zur Seite sehe, ist es doch einen Augenblick zu spät. Durch ihre weiße Hose schimmert das letzte Kleidungsstück, das bleibt, bevor die Haut vor Nacktheit friert. Die gewohnte Gier kriecht über meine Lenden, auch noch, als ich durch das geöffnete Fenster sehe und die aufscheinende Sonne mich streift wie ein Wangenschlag.

Sie sieht auf, wendet sich mir zu. Ihr Lächeln, das sie nie verliert, das ich täglich sehe und das sie mir mit dem Frühstück auf mein Zimmer serviert. Geblendet von der Sonne schließt sie für einen langen Moment die Augen. Auf ihrem Lid sehe ich eine dunkle Warze. Ich erinnere mich, dass SIE während der Liebe die Augen schloss.

Auf Anna Levins Lidern hüpft ungeduldig die Sonne.

»Ein Junge starb vorletzten Sommer«, sagt sie und öffnet die Augen. »Er grub einen Tunnel von Strandkorb zu Strandkorb. Vor dem Ausgang zum Strandkorb seiner schlafenden Eltern ist er erstickt.«

»Das ist schlimm!«, sage ich. Mein Kopf schwimmt im Sonnennebel.

»Sie haben die braunen Augen von Gerd«, sagt Anna Levin plötzlich. »Auf der Insel hat man sich immer gewundert über diese Augen. Ob ihn sein Vater beim Torfabbau gemacht habe, wurde er einmal gefragt. Er hat nicht antworten wollen. Ich habe diese dunkel-traurig-braunen Augen geliebt. Er hat gesoffen aus Spaß, tröstete man mich später. Geholfen hat es nicht.«

Warum erlischt jetzt ihr Lächeln? Auf ihrem langen, braunen Haar schläft die Sonne. Trotzdem sind es die falschen Haare.

»Ein Diakon war auch einmal hier«, sagt Anna Levin. »Fragte mich, wo hier die evangelische Kirche ist. Aber ich geh nie zur Kirche, ich hab keine Zeit dafür. Und schließlich bin ich katholisch und war damals erst kurze Zeit auf der Insel. Deshalb konnte ich ihm auch nicht sagen, wo die Kirche ist. Aber dass er ein Diakon ist, hätt' ich nicht gedacht. Nie hat er einem in die Augen gesehen, hat den Kopf zur Seite gedreht und nach unten geblickt. Die Tituskirche hat er natürlich auch ohne meine Hilfe gefunden. Der Apotheker hat ihn oft von dort heraushuschen sehen. Beim Gottesdienst war er ja sowieso immer dort. Für einen Diakon hätt' ich den aber niemals gehalten.«

Damit wendet sie sich von mir ab, schüttelt die Kissen auf, bückt sich, streicht das frische Bettlaken glatt. Mit kurzen, schnellen Schritten gehe ich in mein eigenes Zimmer nebenan.

Die Sonne hat sich am späten Morgen bereits wieder verkrochen, der Himmel seine Regenschleusen weit geöffnet. Der Sommer will sich einfach nicht einfinden.

Gemächlich gehe ich auf das Dorf zu. Laternenlicht spiegelt sich in den Pfützen der schmalen Straße. Der Weg über den

Strand wäre zu beschwerlich, der nasse Sand würde an den Schuhen haften, darum nehme ich den geteerten Dorfweg. Der erste Streifen Licht wandert vom Leuchtturm her auf die Salzwiesen hinaus. Entlang der Promenade gehe ich in Richtung Dorf. Hinter dem Deichhügel flammt Leuchtturmlicht auf. Lichtkegel flattern über dem Meer, lautlos, immer wieder. Es beginnt zu nieseln. Von irgendwoher höre ich lautes Reden, fröhliche Stimmen. Woher kommt es? Ich gehe den Worten entgegen, einen Nebenweg einschlagend, der zu einem mir unbekannten Hotel führt. Grelles Licht flutet durch die Scheiben. Eine muntere Hochzeitsgesellschaft, die feiert. Die Wirtin hat es mir erzählt – vor Tagen. Sommergäste von weit her, von den Bergen, wollen unbedingt hier heiraten, obwohl es auf der Insel oft regnet. Dass jene Hochzeit heute ist, habe ich vergessen. Kurz sehe ich noch auf das kräuselnde Weiß der Hochzeit, verlasse dann, wie ich gekommen bin, den Weg zum Hotel und gehe auf einem engen Sandweg wieder dem Dorf zu.

Durchatmen, Muschelaugen, frische Fußspuren hinterlassen: Ich platsche in eine Pfütze. Wieder einmal fährt diese silberne Traurigkeit in mich ein: ein Vorortzug, der auf jeder noch so kleinen Station Menschen einsaugt.

Auf meiner langen Fahrt vom Landesinnern zur Küste und auf die Insel saß mir im Zugabteil ein kleiner Junge gegenüber. Er sang ein Lied, das es nur für ihn selbst gab.

Das erschreckte mich. Einen Kreis zog das Lied vom Mund des Jungen zur Fensterscheibe, wo es zerplatzte. Ich hatte versucht, das zerplatzende Lied aufzufangen, es zu behalten, und wiederholte es im Stillen, selbst noch, als der Junge mit seiner dicken Großmutter ausgestiegen war. Schließlich hatte sich wieder diese silberne Traurigkeit eines Vorortzuges bei mir eingefunden, und das Lied des Jungen vergaß ich vollständig.

Ich verlasse den direkten Weg zum Dorf, denn jetzt will ich den Strand wiedersehen. Weiter wandert das Leuchtturmlicht. Von der Düne bis auf den schwarzen Feuersteinschnabel verdeckt – eine Möwe. Ich sollte hier nicht mit IHR spazieren gehen. Gleich nach IHRER Ankunft werde ich IHRE Hand nehmen und für immer fortgehen mit IHR. Wie lange wird SIE noch brauchen?

Endlich wieder Atmendes, das wirkt gegen den Vorortzug in mir: ein Schnattern, Gurren, Klagen, Zirpen, Rasseln, Keckern der Vögel im Irgendwo der Meeresnacht.

Meine Einsamkeit bleibt stumm. Als Arzt hatte ich begonnen, gegen die Einsamkeit anzureden, mit den Patienten, den Kollegen. Doch die Einsamkeit blieb. Einzig mit IHR kam die Einsamkeit in Bewegung. Bleierne Einsamkeit schmolz in mir, zuckte und brodelte aus meinem Innern in ein noch tieferes Inneres, aus dem ich meine Liebe gegossen hatte. Du bist zu schwer, hatte SIE mir einmal zugeraunt. Und einige Zeit später verschwand SIE, kam nicht mehr wieder – bis jetzt. So goss ich Worte wie Zinn, die in einsamen Briefen erkalteten, die einsam blieben, ohne Antwort.

Das Dorf liegt jetzt vor mir, und kleine Rechtecke erhellter Fenster glotzen mich an.

Pupille. Das schmale Neonschild ist mir sehr vertraut geworden. Ich öffne die Tür, sauge verlebte Luft gierig in mich ein. Ich setze mich. Überall Männer. Die Kneipe ist beladen mit maskulinen Einaktern. An den Tischen sitzt man entweder schweigend oder beim Spiel beieinander. Der Kellner stellt sich gewichtig vor mich und richtet sich nach meiner Bestellung kurz noch höher auf.

Niemand sonst nimmt Notiz von mir. Das Telefon läutet kurz ein einziges Mal, um dann mit Nachdruck zu verstummen.

Mit nassen, weißen Ärmeln stellt der Kellner das Bier auf den Tisch, macht einen Strich auf den Bierdeckel.

Es ist mir wohl dabei, unter bierbefüllten Männern zu sein – ganz unter sich, unter uns. Hier kann ich mich ausruhen. An vier Tischen spielt man Skat, an anderen wird getrunken und wenig gesprochen und an einem lediglich geschwiegen. Dort sehe ich hin. Til und ein mir unbekannter Mann schweigen sich an und blicken ruhelos umher. Wissen sie, über was sie schwiegen? Wann werden sie das Schweigen brechen? Jene am anderen Tisch sehen sich gegenseitig musternd an. Plötzlich sieht einer der Schweiger auf mich, starrt mich unverwandt an, um kurz darauf mit seinem Gegenüber das Schweigen zu brechen.

Bis zum Grund trinke ich das Bier aus.

Wie mit einem Rohrstock schlägt der Kellner den Kugelschreiber auf die Tischkanten, sieht zufrieden auf die leeren Biergläser.

Allein sitzt ein junger Mann mit dem Hintern eines Nilpferds, sagt leise mehrmals ein, zwei Worte auf und lacht glucksend, trinkt währenddessen mit großen Schlucken ein Bier nach dem anderen.

Hinter der Theke schreit der Wirt unverständlich einen Namen. Für einen Moment zucken die Hände des Kellners; dann macht er zufrieden den zweiten Strich auf meinen Bierdeckel.

»Til, du wirst am Telefon verlangt!«, schreit der Wirt. Jetzt verstehe ich ihn.

Doch niemand bewegt sich, bis einzig der junge Mann seinen Nilpferdhintern anhebt. Er grunzt kurz zu mir hinüber.

»Til, du Drecksohr, steh auf!«, schreit der Wirt.

Murrend steht Til von seinem Stuhl auf und schlendert zur Theke. Er horcht an der Muschel, murmelt etwas. Als das Gespräch zu Ende ist, mustert er den Hörer wie ein fremdes Gesicht. Jetzt bestellt er noch drei Bier beim Wirt. Langsam, fast kriechend, kommt Til an meinen Tisch. »Wir spielen Skat!«, sagt er und dreht sich wieder um.

Ich folge ihm.

Der Kellner bringt die drei Bier, kritzelt weitere Striche auf Tils Bierdeckel und schlägt mit dem Kugelschreiber auf mein Bierglas.

Vier Striche und einige Partien Skat später habe ich genug. Die zwei Spieler schweigen wieder. Außer Skatworten reden sie nicht. Zufriedenes Schweigen in der Runde.

Nach den Skatspielen spiele ich mein Spiel. Acht Karten: Damen und Buben. Als Paare lege ich sie übereinander, alle vier Paare nacheinander. Unter dem Karobuben liegt die Karodame und so weiter und so fort. Ich mische die acht Karten, bedächtig und ohne ihnen wehzutun, mische sie von oben nach unten, nehme drei Karten ab, mische wieder alle miteinander, nehme fünf ab und so weiter und so fort. Nach langer Vorbereitung ziehe ich die erste, stecke sie nach unten, nehme die oberste, verharre, bis ich sie zwischen eine der restlichen sieben stecke. Ich nehme Karten ab, lege die unteren auf die abgenommenen, wiederhole es, mische sie. Die Schweigenden sehen mir interessiert zu. Sie warten auf ein Ergebnis, vielleicht auch auf ein Zauberkunststück. Vorsichtig decke ich die Karten auf, nach und nach, von oben nach unten, jede Karte einzeln – sehe jede Karte lange an. Was will sie mir sagen? Ich sehe in die blauen Augen der Damen und Buben; sie bewegen sich nicht. Ich lege zwei Karten zu einem Paar nebeneinander. Neben der aufgedeckten Kreuzdame liegt der Pikbube, die Pikdame neben dem Herzbuben, die Herzdame neben der Karodame und der Karobube neben dem Kreuzbuben. Die Paare passen nicht zueinander. Die Farben stimmen nicht. Das Geschlecht stimmt auch nicht – manchmal. Es wundert mich nicht. Gerade das habe ich eigentlich erwartet.

»Und jetzt?«, fragt Til.

»Weiter. Noch einmal«, sage ich, mische die Karten. Wieder decke ich, von oben beginnend, Karte für Karte auf: Kreuzdame über Herzdame, Pikdame über Karobube, Pikbube unter Kreuzbube, Karodame unter Herzbube.

»Ja und jetzt?«, fragt Til.

»Weiter!«, antworte ich.

Nach fünfzehn weiteren Spielen liegen Herzdame und Herzbube weit auseinander, so wie die anderen Paare. Nie finden sie als gemeinsames Paar zusammen. So ist die zweite Karte im ersten Paar die Herzdame und die erste Karte im zweiten Paar der Herzbube. Natürlich darf das nicht sein. Und ich hasse Rosen. Ich trenne sie: die Herzdame von ihrer Rose, dem Geschmeide am Hals und den Rosen im wallenden Haar; den Herzbuben von seiner klingenden Narrenkappe, breche ihm den ausgestreckt weisenden Finger und drücke ihm die Halskrause zu.

Fluchend bringt der Kellner ein neues Spiel Karten und macht einen weiteren Strich auf den Bierdeckel.

In den weiteren Spielen bis zur Sperrstunde finden sich keine passenden Paare ein. Endlich haben sich sämtliche Paare von ihren sinnlosen Versuchen, zueinanderzufinden, verabschiedet, reichen sich in drei Spielen vom unteren und oberen Ende der Karten höchstens flehend die Hände.

Schließlich vertreibt uns der Wirt eine Stunde nach der Sperrstunde aus der Kneipe. Til bringt mich nach Hause. Auf halber Wegstrecke müssen wir uns beide übergeben.

Es ist wieder Morgen: Mit dickem Kopf, zerfleddertem Kartenspiel und zerknitterter Kleidung liege ich auf meinem Bett. Ich dusche, gehe zum Hafen, erwarte das Schiff, das ohne SIE anlegt, gehe zurück in die Pension, schreibe IHR einige Briefe, verwerfe sie alle nacheinander.

IV.

Das Passagierschiff Rosa läuft mit zwei Stunden Verspätung in den Hafen ein. Aus der schwimmenden Zuckertüte schwappen Menschen, manche mit langen, weit ausholenden Schritten, andere, die mit ihren Blicken vorsichtig die Insel abtasten, bevor sie den ersten Schritt von Bord wagen.

Ich fixiere die Ankommenden, übergehe schnell die dunkelhaarigen und rosalippigen Frauen und die mit blauen, grauen oder braunen Augen.

»Du, ich helf dir!«, sagt ein kleiner Junge, der, wie es scheint, vom Magen des Dorfes gekommen ist, nach verdorbenem Fisch riecht, seine Nase krebsrot, die Hände sandverklebt.

»Wie bitte?«, frage ich.

Der Junge zieht die Unterlippe hinter die Zähne, seine Augen blicken auf mich wie flackernde Kerzen.

»Du suchst doch 'ne Frau – 'ne Frau mit so komischen Lippen und tollen Haaren, stimmt's?«

»Rote Lippen wie Leuchtreklame, Augen von Absinth, Haare wie Marilyn Monroe. Ja, die suche ich. Und du mein Junge?«, frage ich, streiche mir mit dem kleinen Finger eine dunkle Strähne aus den Augen.

»Ich helf dir dabei. Die Rosa hat ja so ganz viele Leute drauf, die kannst du doch schon alle gar nicht mehr richtig sehen!«

»Ja, das ist wahr, mein Junge, sie gleichen sich, von Tag zu Tag gleichen sie sich mehr. Und du willst mir helfen?«

»Ja, heute helf ich dir, aber morgen muss ich wieder in die Schule«, erklärt der Junge und reicht mir seine Hand.

Hand in sandiger Hand stehen wir nebeneinander und sehen auf die Ankommenden. Der Junge winkt einem Hafenarbeiter zu, der Lebensmittelkisten aus dem Schiff entlädt. Eine Frau mit grünem Hut winkt von der Landungsbrücke aus zurück. Freundlich grüßen uns die Ankommenden. Alle kommen an. Wo bleibt SIE?

»Ist Ihre Frau nicht auf dem Schiff gewesen?«, fragt eine alte Dame, deren grüner Hut im Wind gefährlich schwankt. Sie sieht rachitisch aus.

»IHRE Lippen so rot wie Leuchtreklame«, versuche ich zu erklären.

»Nein, tut mir leid, lieber Mann. Eine Frau mit solchen Lippen wäre mir aufgefallen, tut mir leid. Auch für Ihren Kleinen«, sagt sie noch und wendet sich zu dem Jungen, »Sei nicht traurig, sie wird bald kommen!«

»Nein, ich helfe ja nur.«

»Das ist schön, mein Junge, das ist sehr schön, das ist ...«, wispert sie und bricht mitten im Satz ab. Langsam geht sie zur Inselbahn. Ihr grüner Hut schwankt ein letztes Mal, bevor er zu Boden fällt und fröhlich rollend in das Meer getrieben wird. Verblüfft sieht ihm die Dame noch nach, erstarrt nur kurz und steigt mit bedauerndem Kopfschütteln in die Bahn.

»Wieder nichts!« Ich streiche gedankenverloren über die lockigen Haare des Jungen.

»Kaufst du mir jetzt ein Eis?«, fragt er.

Schweigend steigen wir in die Inselbahn ein.

In der einzigen Eisdiele im Dorf kaufe ich dem Jungen mein Lieblingseis: Erdbeer-Pistazie.

»Ich wollte aber Schokolade«, beschwert sich der Junge.

Ich sehe ihn an. »Das schmeckt nicht.«

Seine sandige Hand greift dennoch nach dem Eis.

»Sag den Leuten, ich werd nicht mehr in die Pupille kommen. Sag's ihnen, ja?«, bitte ich den Jungen. »Sag ihnen, ich bin am Hafen zu den Zeiten, wenn die Fähre kommt, doch das wissen die Leute ja schon. Sag ihnen, ansonsten lauf ich den Strand entlang. Wenn's stürmt, werd ich morgen die Arme ausbreiten und gehen. Nein, sag ihnen das nicht. Sag den Leuten, dass ich heute nicht in der Pupille bin, vielleicht morgen. Ja, sag ihnen das. Ja!« Ich verlasse schnell die Eisdiele.

Der Junge sieht mir nicht nach. Als ich mich noch einmal umschaue, hat er sich zu einem alten Mann gebeugt, der auf ihn einschwatzt und ihm wahrscheinlich drei Kugeln Schokoladeneis verspricht.

Es ist noch nicht einmal Mittag. Wie jeden Tag sitze ich im Gasthaus »Zum Tor«, das am Dorfrand erhöht auf einer Düne steht. Ich esse gebackene Scholle, das Bier steht glänzend gelb daneben mit einer Krone aus Schaum.

Obwohl heute kein Schiff mehr ankommen wird, erst wieder in drei Tagen, will ich zum Hafen.

Kräftiges Sonnenlicht wirft kurze Schatten auf die Gleise. Auf dem Schienenkopf balanciere ich einen Atemzug lang, bis ich abrutsche, auf der Holzschwelle stehe und mich dort nach Menschen umsehe. Der Horizont bleibt blau, das Land braun und mattgrün. Menschen zeigen sich nicht. Kleine Wolkengesichter auf dem Rostrot der Gleise.

Früher zogen Pferde bei Ebbe die Waggons über die Gleise, lehnten sich ins Geschirr, um ihre Kraft an die Räder der Waggons weiterzuleiten, und brachten all die Ankommenden und Abfahrenden sicher auf die Insel und von ihr fort. Dietrich, der manchmal Pferdefuhrwerke lenkte und früher Hafenarbeiter war, sprach schon oft traurig darüber, so wie andere von ihren zu früh verstorbenen Kindern.

Rostrote Gleise, auf denen die Sonne glüht. Schwelle für Schwelle gehe ich weiter. Wenn ich dann am Hafen ankomme, die Stille schwer wie ein Stein wiegen wird, werde ich am Stahlseil ziehen, das vom Himmel auf die Erde reicht, bis der Himmel einbricht und alles mit sich reißen wird.

Eis, kristallines Salzwasser, kann ich nicht herbeizaubern, das alles zum Bersten bringt. Auch Krieg hat lange Zeit hier nicht mehr seine Krallen hineingetrieben. Einzig auf Sturm hoffe ich noch, der aber heute nicht kommen wird, denn es ist nicht seine Zeit.

Dann will ich wissen, wie es ist, auf den Schienen zu liegen, den Herzschlag des gewalzten Eisens zu hören. Es pocht nicht, es ist ruhig. Es ist tot. Ich stehe auf, sehe auf das warme Rot des Eisens, gehe noch ein wenig die Schienen entlang, bis diese wieder zweigleisig weiterführen. Ich knie nieder und lege meine Wange auf das Herzstück. Die stechende Hitze zieht einen Kreis von der Wange bis über die Nasenspitze.

Weit ziehen sich die endlichen Bahngleise hin. Große Schottersteine sichern ihr Bett. Mit hoher Wahrscheinlichkeit führt jede Schiene nach irgendwo und nach überall.

Mein Platz ist nirgendwo! Ich fixiere die Zunge der Weiche vor mir. Ich sehe die losen, aufgeschichteten Schottersteine, die etwas verbergen wollen, das sich noch nie verbergen ließ, die etwas begraben wollen, das noch nie gewesen ist.

Müde setze ich mich auf einen Prellbock.

Nun, am Ende der Schienen angekommen, dort, wo der Hafen vor Stille und Sehnsucht schreit, ziehe ich am unsichtbaren Stahlseil und warte auf das Einstürzen des Himmels oder irgendein anderes Ende.

Eine Wolke schiebt sich vor die Sonne. Länger will ich nicht mehr bleiben und balanciere den Weg auf den Schienen zurück.

Vor einigen Jahren saß ich, verschwitzt und gelangweilt, zusammen mit einer Frau und ihren Kindern in einem Zugabteil. Als der Zug auf offener Strecke hielt, streckte ihr kleiner Junge neugierig seinen Kopf aus dem Fenster.

»Wie heißen denn die Steine, die zwischen den Schienen liegen, Mama?»

»Einfach Steine!«, antwortete seine lesende, etwas ältere Schwester.

Hinter mir gelassen habe ich den Deich, auf dem die Schienen liegen, und so schlage ich nun den Weg zur Pupille ein. Die Kneipe ist geschlossen, was ich hätte wissen müssen. So gehe ich langsam den von den Nächten her gewohnten Weg, obwohl der Nachmittag noch seine Wärme ausstrahlt. Der sonnenaufgeladene Teer brennt mir unter den Füßen. Die enge Straße ist leer – weder Fahrradfahrer noch Pferdekutschen. Ich gehe viele Häuser weiter und über das Haus hinaus, in dem ich ein Zimmer bewohne.

Vor dem untersten Haus bleibe ich stehen, beäuge den Vorgarten, in dem weiße und rote Blumen ihre blassen Blütenköpfe hängen lassen.

Dietrich, der Pferdekutscher, steckt seinen Kopf aus dem Fenster des niedrigen Hauses.

»Komm», sagt er, »Trink einen Tee mit mir!»

Der Tee ist bronzen, bitter und heiß. Braun gerandete Fotografien von Fischerkähnen und ernsten, bärtigen Männern hängen an den Wänden. Erst, als ich geraume Zeit sitze, bemerke ich, wie winzig der Raum ist.

Dietrich beobachtet meine wandernden Augen, lächelt dabei, schenkt mir Tee nach, beginnt zu reden.

»Man erzählt sich hier auf der Insel folgende Geschichte, die mein Großvater bereits von seinem Großvater erzählt bekam. Aber ich habe keine Kinder, deswegen erzähle ich sie dir. Du könntest mein Sohn sein, und du bist mein Saufkumpan geworden. Also hör zu, es ist eine zauberhafte Liebesgeschichte», sagt er und nippt zwischen den einzelnen Sätzen an seiner dünnen Porzellantasse.

»Vor vielen Jahren lebte hier – genau hier in diesem Haus – die Witwe Stradow zusammen mit ihrem Sohn Friedhelm, der bereits seit seinem zwölften Jahr auf Heringskuttern fuhr. Der Mann war ihr schon früh vom Meer gestohlen worden. Friedhelm müsste, so erwartete die Mutter, doch auch bald eine schöne Frau nach Hause führen, denn inzwischen fischte er so viel, dass es für vier Familien ausgereicht hätte. Bei Flut segelte er weit über das Watt, um Schollen zu fangen, trocknete sie an Drähten und brachte sie jeden Monat auf das nahe gelegene Festland. Und dort sah er sie: Helena, deren Haar goldener war als Gold, deren Haut weicher war als Samt und Seide. Schon eine Woche später, als sie am Kai wieder Honigkuchen und Branntwein verkaufte, sprach er mit ihr und fragte sie ohne Umschweife, ob sie seine Frau werden wolle. Eine schreckliche Sekunde lang schwieg sie, aber dann sagte sie Ja. Ja, sie wolle liebend gerne seine Frau werden. Wehmütig, doch von inniger Liebe gestärkt, stimmte sie auch ein, fortan mit ihm auf der Insel zu leben.»

Kurz nippt Dietrich am warmen Tee und fährt fort: »Hier also, in diesem kleinen Fischerhaus wurden sie nach neun Nächten und acht Tagen zu Mann und Frau. Der Herbst war in dem Jahr bereits schneidend kalt, und der Winter legte kurz darauf seine eisigen Hände auf die Insel. Eis umklammerte die Fischerboote, und viele Fischer hatten bald kein Auskommen mehr. Friedhelm kannte aber so manchen Platz im Meer, und indem er Stunde um Stunde draußen in seinem Boot ausharrte, angelte er trotzdem genug Fische, um diesen Jahrhundertwinter zu überstehen. So war es eine schwere, aber auch eine glückliche erste Zeit für Helena und Friedhelm, denn sie hatten ihr Auskommen. Mit dem Frühling dann drückte Heimweh Helenas Gemüt. Nach dem langen Winter vermisste sie ihre Eltern und

Geschwister. Friedhelm sah ihren wehmütigen Blick, umarmte sie und nahm sie mit hinunter zum Boot. Er segelte mit ihr zum Festland, in ihre Heimat. Mit klopfendem Herzen trat Helena in die elterliche Stube ein. Ihre Familie war glücklich und weinend vor Freude umarmten und herzten sie sich.

»Eine Woche», sagte Friedhelm. »Eine Woche lang kann ich es aushalten, dass du fort bist, nicht länger kann ich ohne dich sein, ohne zu sterben.» Sie verstand seine Schwermut und küsste ihn innig, um diese zu besänftigen, und er segelte wieder zum Fischerhaus zurück.

Lange, bis weit nach Mitternacht, redeten und scherzten Helena und ihre Familie miteinander und müde krochen sie alle zu später Stunde in ihre Betten.»

Dietrich schenkt uns Tee nach. »Doch mit Helenas Schlaf war es nicht weit her», fährt er fort. »Von einer Seite zur anderen wälzte sie sich, bis sie wieder in ihr weißes Kleid schlüpfte und wehmütig zum Deich lief, auf den das Licht des Vollmonds schien. Weit hinaus aufs Meer sah sie, wo ihre Insel lag, voller Sehnsucht. Nur zurück, klang es in ihrem Kopf. Zurück zu ihm, zurück zur Insel. Schnell ging sie wieder ins Haus, weckte Eltern und Geschwister, die nur fassungslos den Kopf schüttelten. Helena war nicht davon abzubringen. Es ist Ebbe und alles liegt frei. Ich gehe barfuß über das Watt, sagte sie. Es hatte keinen Sinn. Helena war nicht umzustimmen. Ihr Entschluss war fest und unabwendbar wie die Brandung. Ihre Mutter nahm sich das Kruzifix von der Brust und gab es Helena. Die Schwester tat es der Mutter gleich, gab ihr ihres. Erst dann ließen sie Helena ziehen.

Helles Mondlicht begleitete Helenas Weg. Dennoch kam sie nicht recht voran, denn Muschelspitzen stachen in ihre nackten Füße. Ohne lange zu überlegen, nahm sie die Kruzifixe ab und band sie sich unter die Füße. Schon nach den ersten Schritten merkte sie, wie sie fast mühelos dahinglitt und nichts mehr ihren Weg beeinträchtigte.Sie kam schnell voran, und das Wasser der heranrückenden Flut konnte sie nicht einholen. Erst an einem tiefen Priel musste sie stehen bleiben. Ohne Angst und voller Vertrauen auf Gott und die Liebe ging sie weiter, wandelte über den Priel und kam am frühen Morgen zur ersten Teezeit am Fischerhaus an. Friedhelm schloss sie fest in seine Arme und fuhr an diesem Freudentag nicht hinaus.

Die Kruzifixe sind heute auf unserer Insel unter dem großen, kupfernen Kreuz unserer Kirche zu sehen», fügt Dietrich noch hinzu. »Friedhelm und Helena wurden glücklich zusammen uralt.»

Ich öffne die Augen, lasse den lauwarmen Tee in meiner Tasse stehen, gebe Dietrich schweigend die Hand und verlasse das Fischerhaus.

V.

Sommer, das ist Schleim, Schmutz und die Qual der Sonne, das ist das Geschwätz und Geschwitze der Sommergäste. Darauf kann ich verzichten, umgehe die Tage und suche die Nächte auf. Zwischen dem zweiten und dritten Viertel des Tages schlafe ich, esse und trinke, wache in den restlichen Vierteln. Einzig für die Ankunft der Rosa stelle ich den Wecker.

Kurz nach Morgengrauen, drei Stunden, bevor ich schlafen gehe, verabschiede ich Venus am Himmel und gehe in den Dünen spazieren. Dort ist alles Gesträuch mit silbergrauem bis bläulichem Tau überzogen. Im Sand suche ich immer wieder nach Strandweizenbüscheln. Anna Levin sagte mir, sie bildeten den Anfang der Düne, und einen Anfang würde ich gerne sehen, gerade jetzt, am frühen Morgen, vor dem Schlafengehen. Was ich entdecke, ist das flammende Orange von Beeren an stacheligen Zweigen. Zwischen den Fingern zerreibe ich die Beeren, rieche an ihnen und lasse sie von der nächsten Böe aus meinem Handteller treiben.

Ich suche den Strand ab und weiß nicht einmal mehr, wie Strandweizenbüschel aussehen. Was ich finde, am schmutzigen Mund des Meeres, sind Quallen. Das ist durchsichtig himmelblaues Gelee, am Strand angeschwemmt und ab und an von einer gelangweilten Welle überspült.

»Menschen wurden früher angeschwemmt!«, erzählte Til gestern in der Pupille, als ich mein abendliches Bube-Dame-Spiel begann. Sommer ist die Zeit der Geschichten. Über Tils Frau will ich nie wieder etwas hören, und darum habe ich ihn auch nicht mehr besucht.

»Im Krieg«, sagte Til, »wurden zwei, drei, einmal sogar vierzig Leichen angeschwemmt, dazu noch Konserven mit Butter und Fleisch und gutes Brennholz, Fische, Delfine, ein toter Wal, Schnittholz aller Art, Balken und Bretter, Apfelsinen, Bananen, Wein- und Schnapsfässer. Und heute findet man am Strand nur noch Quallen und leere Ölkanister!«

Ich stochere mit einem langen Draht im Quallengelee herum, bis es in viele kleine Teile zerschnitten ist und von der nächsten Welle weggetragen wird.

Stundenlang gehe ich am Strand spazieren, immer weiter nach Westen, die aufsteigende Sonne im Rücken. Ein altes Fischerboot mit zerborstenen Planken ankert, noch nass vom Meer, am Strand. Ich setze mich auf die nassen Bootsplanken. Das Fischerboot habe ich noch nie gesehen, wahrscheinlich fährt es am Mittag wieder hinaus auf See. Einige Gräten hat es sich gebrochen. Neben dem Boot, im lauen Sand, schlafe ich bald nach Sonnenaufgang ein.

Ich träume: Weiße Wolken beugen sich über das flache Land. Bäume stehen vor dem Meer Spalier. Wellen brechen sich an Felsen. Die Wellen stürzen von großer Höhe herab und brechen und stürzen trotzdem weiter. Ich bin vielleicht sieben Jahre alt, stehe vor dem Meer. Ich steige auf einen hohen Baum, um besser zu sehen, stürze und klettere trotzdem immer wieder ins hohe Geäst, falle und breche mir immer wieder den Arm. Zu Hause schaut man sprachlos auf meinen gebrochenen Arm, verspricht sich von ihm aber die größte Ruhe. Ich will so sein wie die Wellen, denke ich, und ohne es zu bemerken, legt man Gips um meinen gebrochenen Arm und über meine eingefallene Brust. Währenddessen stürzt neben mir Welle für Welle weiter und weiter und geht nie zu Bruch.

Lärmende Kinder wecken mich. Sie lachen, als ich sie frage, ob sie sich etwas gebrochen haben.

Und an den anderen Morgen, an denen ich am Strand entlanggehe, kurz vor und nach Sonnenaufgang, mache ich auch manchmal Rast in einem der Strandkörbe, deren Holzbänke entweder zugeklappt oder sogar abgeschlossen sind. Dort verbringe ich Stunden, beobachte die Regungen der Wellen, die sich windenden blauen Körper, die aneinander festhalten und sich atemlos überschlagen. Wundere mich über das unsinnige Klettern des roten Balls, dessen Abbild auf dem Meer zu hüpfen beginnt, und der den Rest des Tages eingezwängt am Himmel bleibt, neben ihm nur ab und an Wolken, Flugzeuge und Vögel. Bevor Frühaufsteher nach und nach die Strandkörbe bevölkern, bin ich schon längst verschwunden und in meinem Bett.

Auf meinen Spaziergängen am späten Abend oder frühen Morgen treffe ich kaum Menschen an. Einmal erspähte ich im Zwielicht zwei sich wälzende Körper, die sich am Meeresrand lautlos liebten. Ich hatte zunächst einen großen Bogen um sie gemacht, schlüpfte dann jedoch in einen der Strandkörbe und sah, wie Hände einen hellen, runden Leib liebkosten. Zugleich fragte ich mich, ob IHRE Brüste auch so glänzen würden – jetzt. Bald darauf ging ich wieder zurück zur Pension, hatte einen leichten Schlaf. Ich begegnete dem Paar nie wieder.

Damals, auf dem Festland, lief ich am gelben Rapsrand der Stadt entlang, sah das Grau am Horizont und entschloss mich zu gehen. Da war SIE bereits seit zwei Wochen verschwunden. Täglich schrieb ich IHR, täglich blieb ich ohne Antwort. Eine Woche vor meiner Abreise löste ich meinen Haushalt auf. Auf die Frage einer älteren Frau, wer hier gewohnt habe, antwortete ich: mein verstorbener Bruder. Die Frau kaufte mir die halbe Einrichtung ab. Den Rest kippte ich in die umliegenden Mülltonnen.

Zwei Tage vor meiner Abreise besuchte ich Freunde in meiner Heimatstadt. Sie lachten, meinten, in zwei Wochen käme ich bestimmt wieder, klopften mir auf die Schulter und wollten mich besuchen kommen. Ich gab ihnen eine falsche Adresse. Einen schönen Urlaub wünschten mir meine drei Freunde zum Abschied, und ich drückte jedem leicht die Hand.

SIE hatte mir Fotos von der Insel gezeigt, IHRER Insel. Dort wollte SIE sein mit mir, Hand in Hand am Strand spazieren – irgendwann. Gleich bei der Überfahrt zur Insel warf ich die Adressen und Erinnerungen meiner Freunde über die Reling, und sie schwammen wie hilflose Käfer auf dem Meer. Aber schnell wurden sie in die Tiefe gerissen. Erleichtert war ich und fand auf der Insel schnell eine Pension.

»Ab morgen halte ich meinen Sommerschlaf!«, sagte ich am Sommeranfang zu Anna Levin.

»Sie tun sich nichts Gutes damit an. Der Schlaf in der Nacht ist der Beste!«, sagte Anna Levin und protestierte: »Und wann soll ich das Frühstück bringen, das Bett machen? Wie stellen Sie sich das eigentlich vor?«

»Der Sommer ist etwas für fleißige Bienen, Verliebte und Eisverkäufer, aber nichts für mich!«

»Bären halten einen Winterschlaf, sicher«, entgegnete sie, »aber es gibt keine Bären auf der Insel und es ist Sommer.«

»Tropische Frösche halten einen Sommerschlaf, denn sie müssen die Trockenzeit überstehen. Die Trockenzeit muss irgendwann einmal überwunden oder die Flut herbeigeholt werden.»

»Und an mich denken Sie wohl gar nicht und die viele Arbeit, die ich damit haben werde!», sagte sie tonlos und sah mir flehend in die Augen.

»Ich grabe mich immerhin nicht ein», sagte ich scherzend, »also keine Angst. Auch die schützende Hülle fehlt ganz!»

Sie knallte die Tür hinter sich zu.

Der Bruch, so dachte ich eines Morgens kurz vor dem Einschlafen, war an einem heißen Tag gekommen.

»Buschwindröschen sind verteufelte Blumen», hatte SIE plötzlich gesagt, »sie wachsen im dunklen Wald, einzig um Herzen und nackte Haut näher zu bringen, und das will ich nicht. Eigentlich sind Gänseblümchen meine Lieblingsblumen», hatte SIE geraunt und war aus dem Wald gerannt.

Obwohl wir uns lange Jahre am liebsten zur Buschwindröschenblüte geliebt hatten, fand ich SIE nicht mehr wieder.

Am nächsten Morgen – die Sonne erhitzte mich und ich schlief nackt – träumte ich von IHR. Auf dem Kopf trug SIE einen geflochtenen Kranz aus Gänseblümchen, IHR Mund quoll von Blüten fast über.

»Ich liebe die Menschen«, höre ich SIE murmeln, »aber als Freunde liebe ich nur wenige. Und wenn ich liebe, werde ich so ausschließlich, dass ich nur noch einen einzigen Gedanken im Kopf habe.«

Ich erinnere mich nicht mehr, wann SIE das sagte, aber dass SIE es gesagt hat, weiß ich.

Das Leben ist trotz alledem nicht ohne Hoffnung, denke ich dann noch und weiß, es ist ein Satz von IHR.

VI.

» LIEBES, nun verspreche ich DIR, nicht mehr unausgeschlafen und müde am Hafen zu stehen, denn der Sommer ist in sein Winterquartier geflogen, und ich erwarte DICH wieder frisch rasiert und ausgeschlafen.

Selbst meine Wirtin, Anna Levin – ich habe DIR ja schon manches über sie berichtet – ist froh, dass der Sommer vorbei ist. So hat sie mich endlich wieder, sagte sie gestern, wohl mehr im Scherz. Und endlich könne sie die Betten wieder wie gewohnt am späten Morgen machen, sagte sie dann noch. Eine sonderbare Person, findest DU nicht auch?

Viele fragen hier nach DIR, obwohl sie DICH nicht kennen, ist das nicht wunderbar? DU wirst sie auch mögen.

Ich freue mich auf DEIN Kommen, erwarte DICH mit dem nächsten Passagierschiff.

Für immer DEIN ...»

Mit diesem Brief verlasse ich die Pension in Richtung Strand, gehe nach Osten, entlang der Salzwiesen. Eine schmale Holzbrücke führt über die Salzwiesen, direkt an einen breiten Bootssteg. Dicke Taue dienen als Geländer. Ich laufe mit verschränkten Armen zum Ende des Bootsstegs, suche den Horizont lange nach der Rosa ab.

Den Brief werfe ich ein. Er wird SIE bestimmt erreichen.

Am Meer entlang spaziere ich weiter gen Osten. Große Strandläufer tummeln sich in Scharen am Ufer. Nordwestwind hat Hölzer – unförmige kleine und große, mit Muscheln besetzte, von Salz zerfressene – an Land gespült. Hunderte Skelette von Herzseeigeln stapeln sich am Strand als lose, knöcherne Ringe. Ein altes Fischernetz umschlingt Algen, Muscheln und Unrat und liegt nun selbst, vom Sand gefangen, am Strand.

Ich kehre um. Sand peitscht mir ins Gesicht. Eine Regenflut prasselt auf mich nieder.

Zwei Stunden später dreht der Wind urplötzlich auf Ost.

Die Rosa kann am späten Mittag nicht einlaufen, denn zu viel Wasser hat der Windaus dem Hafen hinausgetrieben.

Vor meinem Fenster zittern halsstarke Fichtenäste. Vielleicht legt sich der Wind schon morgen.

Seit siebzehn Tagen kommt kein Mensch mehr vom Festland auf die Insel. Kräftiger Ostwind bläst das Wasser aus dem Watt, hinterlässt Untiefen, unpassierbar für die Rosa.

Nach vier Tagen habe ich aufgehört, die Vögel im Sand zu bedauern. Rote Schnäbel, an denen nasse, schwarze Federn kleben; gelbe Krallen, die sich im Gefieder verquer wiederfinden; Augen, die ins Leere starren. Davor bewunderte ich die Vögel, die eine Schwanzbreite über dem Meer flogen und niemals tiefer sanken.

Täglich peitschen die Böen mit spitzen Hieben auf die Insel. Morsche Äste brachen zuerst von den Bäumen ab, jetzt brechen auch gesunde Zweige und Äste. Immer wieder kullern Dachziegel von den Häusern.

Täglich gehen Fenster zu Bruch. Til, der Inselglaser, kommt mit der Arbeit nicht mehr nach, und so gibt es in einigen Häusern Zimmer, die dem Regen schutzlos ausgeliefert sind. In der Pension von Anna Levin und selbst in ihrem Kaufmannsladen sind bis jetzt alle Fenster heil geblieben und Regen hämmert weiter gegen das Glas, stürzt in dicken Tropfen und heftigen Rinnsalen von den Fensterscheiben auf die Erde.

In der Pupille spiele ich wie jeden Abend mit Dietrich und Til Skat. Nach etwa zwei Stunden nehme ich die Buben und Damen aus dem Spiel, mische die acht Karten und suche erneut nach passenden Paaren.

Til notiert emsig Zahlen auf einem Blatt Papier. Dietrich hört auf den Regen, der gegen die Fensterfront schlägt, und sieht dabei auf eine Pferdefotografie an der Wand. Ich mische die Buben- und Damenkarten neu. Hinter der Theke klirren Gläser.

Einen Moment lang lege ich die Karten beiseite. Til streicht sich mit dem kleinen Finger immer wieder über die geschwollene Nase, sieht vom Notizblock auf, fährt mit der Handfläche durch sein fettig glänzendes, schwarzes Haar.

»Trinkt!«, hebt Til an. »Das wird das Geschäft des Jahres!« Er schmeißt eine Runde Bier nach der anderen. »Auf den Wettergott und dass die Insel nie untergehe.«

Nach der vierten Runde verspricht Til: »Ihr alle, jawohl, ihr alle zusammen bekommt Rabatt, jawohl, Rabatt auf jedes dritte Fenster, das der Sturm, der liebe, liebe Sturm, mein Bruderherz, bei euch kaputtmacht. Jawohl, und jetzt lasst uns trinken! Prost!«

»Austernfischer«, beginnt Dietrich, »stürzen sich zuschanden in der Gier ihres nie endenden Hungers. Möwen dagegen«, murmelt er weiter, »Möwen lassen sich treiben und treiben, bis sie müde sind, um dann auf dem Sand das marmorierte Fleisch aus den Muscheln zu picken.«

Til runzelt die Stirn, beklopft seine Nase und kritzelt weitere Zahlenreihen ungeordnet in seinen Notizblock. Ich mische die Karten, lege sie neu, nehme sie wortlos wieder auf, mische.

Dietrich spricht mit fester Stimme weiter. »Besonders die Strandläufer, diese witzigen, wuseligen Vögel, die mit ihren Stecknadelbeinchen wie mit Windmühlenrädern über das seichte Wasser rasen, haben es jetzt schwer. Entweder sie lassen sich vom Wind ins Ungewisse treiben oder sie stehen im seichten Meerwasser, im Windschatten der Möwen.«

»Das ist nicht wahr!«, protestiert Til. »Die Viecher mögen den Sturm. Wie ich. Die saufen den Wind wie ich das Bier. Trinkt, und redet nicht soviel, sonst gibt's keinen Rabatt mehr. Prost!» Er ritzt mit einem Glasschneider, den er aus seiner Brusttasche genommen hat, senkrecht ein Bierglas an, klopft leicht gegen das dünne Glas. Eine Flut Bier schwappt auf den Tisch. Die Männer lachen. Til bestellt eine weitere Runde.

Ein starker Ast fällt gegen eine Fensterscheibe, die standhält. Ich nehme alle Karten auf und schiebe sie in die Jackentasche. Die Männer schweigen.

Der Wettergott hat starke Blähungen. Die Insel biegt sich unter den brausenden Schlägen des Sturms. An die Ankunft der Rosa ist nicht im Entferntesten zu denken.

Anna Levin bringt mir das Frühstück. Seit drei Tagen bleibe ich im Zimmer. Täglich macht sie mir das Bett, glättet die Leinenfalten und schüttelt die Kissen auf, alle acht Tage wechselt sie mir die Bettwäsche, und einmal in der Woche putzt sie das Waschbecken und saugt das Zimmer. Hat sie Waren in die Regale ihres Ladens sortiert, klopft sie oft ein zweites Mal an meine Zimmertür, entschuldigt ihr Kommen damit, Staub wischen zu wollen. Dabei sehe ich ihr schweigend zu.

In diesen nie enden wollenden, scharfkantigen Winden sehe ich Anna Levin viele Male unruhig die Treppen auf und ab gehen. Und einmal begegne ich ihr sogar auf halber Höhe der Wendeltreppe. Am siebten Tag, seit das Passagierschiff ausbleibt, lädt sie mich zum Mittagessen ein.

Die stillschweigende Abmachung war bisher, mich allein und in Ruhe essen zu lassen – aber dann sage ich doch zu.

Ein billiger Kunstdruck eines Sonnenuntergangs mit Segelbooten, die sich in der Steppe des Meeres verlieren, hängt über der Küchentür. Eine getrocknete weiße Rose steckt am Bilderrahmen. Warum nur hängen sich Menschen, die am Meer wohnen, Bilder mit Meeresstimmung auf, und Menschen, die an Bergen wohnen, Bilder mit Bergesstimmung?

Wie immer ist ihre Hose weiß, weiß geblieben, weiß auch im letzten, schmutzigen Winter, im matschigen Schnee und nun selbst im Sturmregen. Ein buntes Seidentuch umschlingt ihren Hals, den ich noch nie gesehen habe, von dem ich aber vermute, dass er ebenso schlank und sehnig ist wie der Rest von ihr. In der kalten Jahreszeit trägt sie einen kornblumenblauen Pullover, darunter wie immer eine Seidenbluse, mal in Grün, mal in Blau, dann in Lila. Ich habe mich in den langen Monaten an dieses Bild gewöhnt. Ihr Lächeln wird nicht zarter beim Anblick meines Pensionsgeldes, das ich pünktlich zahle. Damit hat sie mich erhalten als Gast, obgleich ich eigentlich von Monat zu Monat eine andere Unterkunft hatte wählen wollen. So bleibe ich eben bei Anna Levin, wenn auch mit dem Gefühl, die Pension liege doch etwas zu weit von der Inselbahn entfernt und ein anderes Zimmer böte vielleicht ein wenig mehr Komfort.

Mandelforellen, Butterkartoffeln, grüner Salat und Karamellpudding. Anna Levin schenkt mir Wein ein. »Sind Sie eigentlich schon einmal im Meer geschwommen?«, fragt sie.

»Nein!«, antworte ich und trinke auf ihr Wohl – mit dem portugiesischen Weißwein aus Rotweingläsern.

»Wissen Sie«, sagt sie, »ich kann auch nicht schwimmen!«

»Aber ich kann schwimmen«, entgegne ich. »Ich mag bloß dieses Salz auf der Haut nicht!«

»Ach ja«, sagt sie nur.

Schweigend essen wir weiter. Wie viele Stunden trennen mich noch von IHR? Erst einmal muss sich der Sturm legen, beschwichtige ich meine Ungeduld.

»Ist sie schön?«, fragte mich Anna Levin leise, »Ich meine, lieben Sie sie sehr?«

Mein Löffel sinkt in den süßen Pudding ein.

»Oder möchten Sie darüber nicht sprechen?«

Auf Anna Levins buntem Halstuch bilden sich, wie ich staunend bemerke, Flecken in Rottönen, die sich umeinander schlängelnd verselbstständigen, sich von ihrem Hals ablösen. Eine ausgewachsene Pythonschlange.

»Möchten Sie noch ein wenig Pudding?«

Stetig, aber in Zeitlupe, windet sich der Python auf dem Küchenboden, bis er sich schließlich in einem Spalt zwischen Herd und Spüle verliert. Ängstlich sehe ich der Schlange nach. Dann stehe ich auf – ohne ein Wort.

Staunend sehe ich Anna Levin an, und mein Blick fällt auf ihr Haar, das wie meine Schwermut leuchtet, in Augen, die grün glänzen wie Kristall, und auf volle Lippen.

Dann kommen doch Worte, die ich nicht zurückhalten kann, die aus mir hervorbrechen: »Entschuldigen Sie bitte, aber ich glaube, ich bin nun doch sehr müde. Wissen Sie, auf meinen Mittagsschlaf kann ich wirklich nicht verzichten. Entschuldigen Sie. Ja, und vielen Dank noch, nicht wahr, für das Essen. Es war wirklich gut. Vielleicht ein wenig zu viel. Entschuldigen Sie mich jetzt!«

Geräuschlos schließe ich hinter mir die Tür. Wie lange wird der Sturm denn noch anhalten?

Am Abend gehe ich vor das Haus und stemme meinen Körper gegen den Wind. Regen perlt mir von den Haaren, das Wasser schmeckt salzig. Meine Hose trieft, auch der Pullover. Ein einziges triefendes Ich. Sinnlos suche ich nach dem Vollmond hinter dem schwarzen Nebel. Zuletzt finde ich das flackernde Licht einer defekten Straßenlaterne. Vom Regen lasse ich mich aufweichen, bis ich anfange zu frieren. Ich beginne, die Straße auf und ab zu rennen.

VII.

Vergeblich warte ich auf mein Frühstück. Einige Male ziehe ich die Jalousie hoch und lasse sie wieder herunter, schlüpfe zurück in mein Bett. Schließlich stehe ich auf, öffne die Tür, trete hinaus und gleichzeitig in das Honigbrot und auf die Kaffeetasse. Gefangenen stellt man das Essen vor die Tür.

Kein Wort werde ich mehr mit Anna Levin reden. Nicht nur, wie sie mich behandelt, missfällt mir, auch ist das Zimmer einfach zu hell, der Komfort ist miserabel, weder gibt es ein vernünftiges Kopfkissen, noch einen gepolsterten Stuhl, geschweige denn eine Schreibtischlampe. Es ist eine Überlegung wert und vielleicht sogar notwendig geworden, die Pension zu wechseln. Es wird ja nicht schaden, ein freundlicheres Zimmer zu nehmen, das ein wenig näher am Inselbahnhof liegt.

Den Honig wasche ich von meinen Zehennägeln ab, lasse die Scherben vor der Tür liegen, ziehe mich an und gehe aus dem Haus. Im Gasthaus »Zum Tor« werde ich gleich zu Mittag essen, Scholle, dazu ein schönes Bier mit hoher Schaumkrone. Am Abend werde ich in die Pupille gehen – unter sich sein!

Anna Levin steht plötzlich vor mir. Grell sticht das Kneipenlicht in meine Augen. Seit einigen Stunden singt es in meinem Kopf: Schubert. Der Wirt deutet auf mich. Ich bleibe sitzen. Mein Kopf ist schwer, aber ich höre es mächtig singen und musizieren und halte mir die Ohren zu. Es nützt nichts.

»Ich kenn das alles zu gut», sagt Anna Levin. »Gerd hab ich immer wieder aus der Pupille schleppen müssen.»

»Manchmal frage ich mich», jammert Til neben mir, »was das Leben bedeutet. Bedeutet es ein Glas zu leeren oder zu füllen?»

Der Wirt und Anna Levin begleiten mich nach draußen, setzen mich in den Fahrradanhänger.

»Ein Glas zu leeren ist schöner!», lallt Til neben mir und hält sich an der Fahrradstange fest.

»Anna», fragt der Wirt zögernd, »kann ich dir noch irgendwie behilflich sein?»

»Gib mir noch etwas zu trinken, Wirt», sage ich, »und mach die Musik leiser, sie dröhnt in meinem Kopf!»

»Lass gut sein», höre ich Anna Levin sagen, »es ist nichts. Ich bin es gewohnt. Schließ die Pupille und geh nach Hause.»

Anna Levin fährt los. Der Fahrradanhänger schwankt, aber die Musik in meinem Kopf verliert sich einfach nicht – immer wieder der erste Satz aus irgendeinem Streichquartett von Schubert. Ich sehe, dass in der Pupille die Lichter ausgehen.

Anna Levin redet und redet, und Ostwind treibt ihre Lebensgeschichte direkt zu mir.

»Als Gerd vor dreieinhalb Jahren starb, als in ihm alles erloschen war, kehrte ich in meine Geburtsstadt zurück. Doch dort flüsterte der Wind viel zu leise, und Seevögel gibt es außer Möwen, die sich manchmal dorthin verirren, kaum. Und es gibt kein Meeresleuchten. Meine Geburtsstadt wirft Licht in den Himmel ohne Unterlass und ist viel zu weit in das Land hinein gebaut. Zwei Monate später kehrte ich wieder zurück und sonnte mich nackt am Sandstrand, zum ersten Mal in meinem Leben.«

Mit aller Kraft tritt Anna Levin beim Sprechen in die Pedale.

»Gerd hat sich aus Angst vor sich selbst erst im Alkohol ertränkt und sich dann vom Meer aus dem Weg räumen lassen. In mir war solche Sehnsucht, so unbändige Liebe für meinen Gerd. In der Pupille hatte ich Gerd kennengelernt, vor zehn Jahren. Urlaub hatte ich machen wollen, damals. Wollte etwas trinken nach dem fünfstündigen Spaziergang von der Ost- zur Westspitze der Insel. War entlang des Süßwassersees gegangen, über die Dünen und am Strand. Rast hatte ich nur kurz machen wollen in der Pupille. Die Männer saßen schon damals an runden Tischen, spielten und schwiegen. Gerd spielte mit Til und einem älteren Mann Skat. Die Männer sahen mich starr an, warteten auf meine Verwandlung zur Nixe oder zum Klabautermann.

Hastig hab ich dann ausgetrunken. Am nächsten Morgen hab ich zufällig Gerd am Bootssteg erkannt, und der lud mich ein, mit dem Fischerboot weit rauszufahren, vielleicht Seehunde sehen, hat er gesagt. Seehunde haben wir damals keine gesehen, erst viel später. Und einige Jahre danach ist er dann vom Bootssteg aus weitergegangen. Es ist so einfach, weiterzugehen. Lange haben sie nach ihm gesucht. Eine Woche. Er war aufgedunsen wie ein Hefeteig und verströmte einen ekelerregenden Fischgestank. In drei Tücher musste man ihn wickeln und den Sarg gut abdichten.»

Ich erwache durstig. Hemd und Hose sind zerknautscht. Der Fahrradanhänger und Anna Levin und die drückende Nacht ...

Grelles Mittagslicht stürzt durch die Lamellen der Jalousie auf meinen schweren Kopf. Noch nie habe ich so viel getrunken, mich noch nie so leer gefühlt. Wärmend legt sich Licht auf meine blanken Arme. Nach Wasser dürstend leckt meine Zunge über die Lippen. Trockendock.

Ich schließe die Augen. Ein Kinderkarussell fährt an, wird schneller, immer schneller. Farben und Formen purzeln wild durcheinander. Musik rauscht, wimmert, kreischt und heult in meinen Ohren.

Ich sehe SIE! SIE liegt auf der Seite, mit dem nackten Rücken zu mir. Die Hände strecke ich aus, mache die Finger lang, um die Spitzen IHRER Haare zu erreichen. Das Karussell dreht sich. Ich fühle IHRE Haare. Ich höre IHRE leise Stimme. Durch IHRE Haare fahren will ich und finde meine Hände in meinem Haar. Ich öffne die Augen. Sonne blendet mich durch die Ritzen der Jalousie. Ich wage es nicht mehr, die Augen zu schließen, und lege die Hände unter meinen Rücken.

Zum Glück läuft die Rosa heute nicht ein. Ich lege mich auf den Bauch: weißes Leintuch. Eine Zeit lang liege ich so, döse ein wenig. Dann lege ich mich wieder auf den Rücken, starre auf die weiße, körperlose Wand und schließe die Augen.

Ein von Algen überzogener See waren IHRE Augen. Wenn SIE schlief, zuckten IHRE Augenbrauen. IHR Mund – eine weit entfernte Insel, auf der einladend die rote Sonne schien. IHR Gesicht nahm oft die Dämmerungsfarbe des Himmels an. SIE roch nach Mandelseife. Stufenloser Aufstieg zu IHREM Gesicht: Haare, deren Spitzen stachen wie kleine, silberne Nadeln.

Aus den Augenwinkeln kratze ich harten Schlaf. Hinter den Quellwolken verschwindet IHR Bild. Endlich stehe ich auf, ziehe die Jalousie nach oben. Draußen ist alles grau geworden. Ich kippe das Fenster. Die Luft fließt über den Rahmen, die Hand, den Arm, über die Schultern direkt in meine Nasenlöcher. Dort kitzelt sie mich so lange, bis ich niesen muss.

Schließlich öffne ich das Fenster himmelweit und strecke den Arm wie einen Pfeil in den Mittag. Ich bedaure nicht, dass der Arm an meinem Körper angewachsen bleibt, eher, dass ich überhaupt einen Körper habe.

Schnell schlüpfe ich in das Bett.

Als ich wieder aufwache, drehen sich die Träume noch in mir weiter. Aus Sternen wachsen Münder, der Mond wird zur prallen Brust. Im Fahrradanhänger hat die Wirtin mich aus der Nacht gezogen. Ich öffne die Augen.

Til ist es gewohnt, zu saufen, zu arbeiten, zu saufen. Seine Nase verliert nie den frischen Sonnenbrand. Einmal habe ich ihn gefragt, warum man hier säuft. Til hat die Lippen rasch bewegt, ohne zu antworten. Am selben Tag, auf dem Weg zum Hafen, habe ich ihn wieder getroffen.

»Als ob wir auf den Grund des Meeres sehen wollen, saufen wir, um zu sehen, was dort ist«, erklärt er mir. »Du kannst das nicht verstehen. Vom Festland kommt man wie ein Affe vom Baum, nicht wie ein Fisch vom Meer wie wir. Warte ab. Irgendwann einmal wachsen uns noch Kiemen, dann wirst du sehen, was wir damit meinen.«

»Was seht ihr denn auf dem Grund des Glases?«

Til schwieg lange, und wieder zitterten seine Lippen ein wenig. »Wir schenken uns nach, weißt du? Das Meer ist dann in uns. Das ist gut. Das kannst du nicht verstehen. Du kommst wie ein Affe vom Baum. Du verstehst uns nicht!«

Deswegen soff ich einfach mit. Und dann sah ich nicht einmal mehr den Grund des Glases.

Ich drehe mich auf den Rücken. Ich entschließe mich, ein wenig aufzustehen. Ich stehe am offenen Fenster. Zwei Ameisen spazieren die Fensterbrüstung entlang, und ich schnippe sie mit dem Daumen in den Nachmittag. Es ist so still, dass mir die Ohren klirren. Wieder lasse ich die Jalousie vor dem geöffneten Fenster herunter, drehe die Lamellen so weit, bis sie sich kampferprobt gegen das Licht lehnen. Ich drehe den Hahn auf, und ein Wasserstrahl rauscht beruhigend über das Porzellan des Waschbeckens. Das Zimmer ist kühl. Ich will mich für einige Augenblicke im Bett aufwärmen.

VIII.

Im langsamen Viervierteltakt klopft Regen an die Fenster. An einigen Tagen regnet es, an anderen wieder kleben die Schatten der Sonne auf den gepflasterten Wegen. Ich ziehe die Jalousien nach oben. Nach und nach werden die Zellen des Himmels mit roten Schlüsseln verriegelt und werden bald, in der Nacht, aufspringen und Träume gebären.

Leblos hängen die Vorhänge an den Seiten der Fenster. Die Gardinen ziehe ich zu, langsam, wie einen Reißverschluss an einem Abendkleid. Die Übergardinen ziehe ich darüber. Dann schlüpfe ich in Lederjacke und Gummistiefel.

Froh, den Weg zu wissen, ohne mich erst lange für diesen oder jenen entscheiden zu müssen, gehe ich über schmale Straßen, den mit feinem Sand überschwemmten Dünenweg, zum Meer. Bevor ich sie sehe, höre ich die ruhige See. Sie rauscht. Das Atmen wird leicht. Ein trägdunkles Blau ist plötzlich auf den Himmel tapeziert. Nirgends finden sich Menschen, nicht einmal Schuhabdrücke im Sand.

Bevor die Sonne hinter dem Meer verschwindet, will ich zu dem lackneuen Fischerboot, das ich vor Tagen entdeckt habe. Es lag dort wie eine Leiche aus Holz – wie Pinocchio. Lange starrte ich auf das Meer, suchte nach dem Wal, der Pinocchio ausgespien hatte. Und kein Wal war aufgetaucht, keine Schwanzflosse ragte aus dem weiten Meer. Doch eine lange Planke stand senkrecht aus dem Fischerboot. Die Nase des armen Pinocchio. Jetzt will ich zu Pinocchio gehen und ihm meine Geschichte erzählen.

Ein gestrandeter Fisch liegt lächelnd am Strand. Trugbilder kenne ich nicht, habe ich mir niemals erlauben dürfen. Und jetzt lächelt dieser Fisch und sieht mich fast mitleidsvoll an, obwohl er aufgeplatzt und von der Sonne ausgedörrt im Sand liegt. Von eingetrocknetem Blut verschleierte Augen, die im Gedärm schwimmen, von dünnspitzigen Messern durchbohrt, die mich anstarren. Ich schüttle heftig den Kopf. Kleine Käfer bewegen sich in den Fischaugen.

Ich schließe meine Augen, so wie ich sie manchmal neben IHR geschlossen habe. Ich sollte IHR davon nichts erzählen.

Das alte Holzboot interessiert mich. Beinahe wäre ich ertrunken, als Kind. Den See hatte ich durchschwimmen wollen, der so lang wie ein Fußballstadion war. Auf der Mittellinie rang ich nach Luft, Arme und Beine bleischwer. Ein Angler fischte mich auf, rettete mich mit einem wuchtigen Griff auf sein Boot.

»Wenn der Tote weint, dann ist das ein Zeichen dafür, dass er nicht gerne stirbt«, hatte der Angler freundlich gesagt.

Und ohne zu sterben, mit einem Bach aus Tränen zwischen Augen und Kinn, hatte ich auf den nassen Planken nach Luft gerungen wie ein Fisch.

Wochen später hatte ich den Angler wieder am Ufer angetroffen. Er hatte bereits die Angeln ausgeworfen, aber nichts biss an. Er saß auf einem Schemel und sah gebannt auf die Leinwand des kleinen Sees. Neben den Angler stellte ich mich und wartete. Auf einmal sah er mich lange an, legte seinen Arm um meine Schultern und erzählte mir die Geschichte von Pinocchio: wie Pinocchios Füße zu Asche verbrannten, wie er sich fünf Goldstücke aus eigener Dummheit stehlen ließ. Beim Tod des schönen Mädchens mit dem türkisblauen Haar hatte der Angler dreimal schlucken und einen kräftigen Zug aus seiner silbernen Flasche nehmen müssen. Und er versprach, mit den Abenteuern Pinocchios am nächsten Tag fortzufahren. Am nächsten Tag fand ich den Angler nicht mehr, und auch das Boot blieb wie vom See verschluckt, aber ein Paddel fand ich später versteckt im Ufergrün.

Pinocchio ist verschwunden. Die Flut hat ihn wieder mitgenommen. Lange versuche ich, ihn noch irgendwo am Horizont auszumachen. Wahrscheinlich hat ihn die See mitgenommen und er ist ertrunken.

Ein Jahr, nachdem mir der Angler den Anfang von Pinocchios Abenteuer erzählt hatte, las ich selbst das Buch und schrieb dem Mädchen mit dem türkisblauen Haar einen Brief – meinen ersten Liebesbrief.

Das Meer schläft. Ich setze mich auf ein verrostetes Metallskelett.

Jetzt mit IHR träumen, jetzt in IHRE Augen sehen, durch IHRE Haare fahren, und in IHREN Lippen versinken.

Säuglingsschreie von Lachmöwen schrecken mich auf. Doch am Horizont sehe ich sie nicht. Der Himmel verschließt sich unter dunklen Tränen. Die mächtigen Metallschrauben drücken mir auf die Wirbelsäule. Ich stehe auf, gehe einige Schritte dem Meer entgegen. Leckend benetzt Salzwasser meine Schuhe.

Es riecht nach Regen. Auf dem Meer bilden sich erste Nachtschatten. Über die Spitzen der Dünen fließt das Licht des Dorfes. Bald erkenne ich die blassgelben Uferlaternen. Nass glänzen die Planken der Holzbrücke, die über die Salzwiese auf den breiten Bootssteg führt. Samtschwarz liegt er noch in der Ferne. Die heranrückende Flut hämmert die Nachen rhythmisch an die Pflöcke.

Wasser zittert auf den Planken. Ich laufe zum Ende des Bootsstegs und sehe auf die ruhige See. Nordwestwind hat sich seit dem späten Mittag zur Ruhe gelegt. Nur müde springen die Wellen. Treibholz schaukelt weit draußen auf dem Meer.

Tapsende Schritte nähern sich dem Bootssteg, setzen aus und wieder ein. Erste Regentropfen fallen.

»Hallo!«, rufe ich leise, horche in die Dunkelheit.

Nieselregen. Die Schritte haben ausgesetzt, gespannt warte ich. Durch den grauen Regendunst schimmert ihr Haar, ich hatte es ein wenig länger und heller in Erinnerung.

»Bist DU es?«, flüstere ich. Wie konnte ich SIE bloß verpassen? Ob vielleicht ein Zusatzschiff ...?

SIE kommt näher und näher, so nah, dass ich IHREN Atem rieche.

IHRE Finger bohren sich direkt in meine Stirn, und vibrierend vor Liebeshunger umschlinge ich IHREN Körper.

»Liebe mich!«, flüstert SIE.

»Bist DU es?«, antworte ich und versuche in IHRE ausweichenden Augen zu sehen.

Laut regnet es weiter in die Dunkelheit. Rabenschwarz glänzen die Pflöcke und Planken am Bootssteg. Liebesschwer atmen wir, das nächtliche Paar. Wolken verdichten sich vor dem zunehmenden, aber unsichtbar werdenden Mond, den Sternen. Dünner Wind treibt dichten Regen auf unsere nackten Körper. Bald ist alles vorüber, einzig der Regen rieselt weiter. Dann ein Klatschen wie auf einen nackten Hintern – der Himmel öffnet sich zu einem tobenden Wasserfall, der sich ergießt aus tausend verschlossenen Toren. Wir, das nächtliche Paar, stieben auseinander wie Kämpfende, über die ein Eimer Wasser gegossen wird, damit sie sich nicht gegenseitig zerfleischen. Und unsichtbar stehen wir voreinander. Engmaschig, Tropfen an Tropfen, als dichtes Wassergewebe hat der Regen und hat die wolkenverhangene Nacht einen Riegel vor uns geschoben. Ich suche nach IHR, taste nach IHR, rufe nach IHR.

Auf den glitschigen Planken rutsche ich aus und falle ins Meer. Lange finde ich keinen Halt, kann mich nicht auf den Bootssteg ziehen. Das Holz rutscht mir unter den klammen Fingern weg.

Wenige Schwimmstöße, und ich erreiche wieder festes Land. Auf Zehenspitzen weiche ich den ausgehöhlten Seeigeln und zersplitterten Muscheln aus und kehre zurück zum Bootssteg. Lange sehe ich in die Dunkelheit, ob SIE sich weiß abheben wird, irgendwo. Als schließlich nichts mehr geschieht, ich fröstelnd, bald frierend und immer noch nackt in die Nacht horche, ziehe ich erschöpft die triefende Kleidung über.

IX.

Ich friere. Die ganze Nacht über habe ich gefroren. Jeder Wassertropfen scheint in mich gedrungen und zwischen Haut und Fleisch gefroren zu sein. Selbst Decken, die ich aus den leeren Gästezimmern nahm und über meinen gefrorenen Leib legte, nutzen nichts, und ich zittere weiter vor Kälte.

Es klopft an der Tür – die Wirtin, Anna Levin.

»Wie war die Nacht?«, fragt sie zögernd. »Kann ich etwas tun für ...«

»Ich bin ins Meer geplumpst. Komplett. Aber warum sehen Sie mich so an? Wissen Sie, ob SIE angekommen ist? Ich konnte heute Morgen nicht gehen. Wissen Sie es? Oder war SIE gestern schon da, am Abend meine ich, gestern in der frühen Nacht? Bitte sagen Sie es mir, sagen Sie mir, was Sie wissen!«, flehe ich mit heiserer Stimme, zappele mit den Armen unter den Decken so sehr, dass der ganze Berg ins Rutschen gerät. Mit jämmerlichen Ruderbewegungen versuche ich noch, die unterste Decke zurückzuhalten, die aber gleichfalls auf den Fußboden gleitet.

Anna Levin schichtet die Decken wieder auf mich, setzt sich auf die Bettkante.

»Ich werde später noch einen heißen Tee bringen, vielleicht erinnerst ... erinnern Sie sich ja noch. Jetzt aber öffne ich erst einmal den Kaufmannsladen!«

»Sie brauchen mich nicht daran zu erinnern«, sage ich zu Anna Levin. »Ich verpasse das nächste Schiff nicht. Ich gehe zu IHRER Ankunft, ganz sicher. Niemals werde ich SIE verpassen. Aber ich glaube, ich habe SIE gestern schon gesehen. Ist SIE nicht schon hier?«

Anna Levin antwortet mir nicht, sieht mich nicht an. Sie verlässt mein Zimmer schweigend. Sie wird zu viel zu tun haben, um sich auch noch um SIE zu kümmern. SIE wird sie mögen.

Nach der Katzenwäsche noch ein wenig schwach auf den Beinen, verteile ich die Decken wieder gleichmäßig auf die ungenutzten Betten der Gästezimmer, öffne dann das Fenster himmelweit. Vielleicht war das falsch, denn etwas rammt sich in mich ein, etwas, das aus dem Eis gekommen und nun aufgetaut ist. Etwas reibt zwischen Haut und Fleisch und kratzt an leidigen Narben.

Unruhe. Ich trage wieder jene Unruhe in mir, die nicht spricht, die nicht mit mir sprechen will. Wie ein trotziges Kind hat sie sich unter die dicke Decke der Verschwiegenheit verkrochen.

Ich gehe die Wendeltreppe hinunter, gehe aus dem Haus, laufe quersandein über die Dünen. Bald bin ich am Strand. Ich zwinge mich, langsamer – viel langsamer zu gehen. Erschrocken sehen mich die Möwen an, wissen nicht mehr, ob sie auffliegen, misstrauisch verharren oder im flachen

Wasser einfach weiter nach beliebigem Verdaubaren suchen sollen.

Ich versuche zu rennen, und Silbermöwen spritzen in den Himmel. Ich bin nicht schnell, jeder Greis kann es mit mir aufnehmen. Eine kreiselnde Unruhe, die wie ein Wackerstein schwer wiegt und mich kaum vorwärtskommen lässt. Gegen einen Sturm anzurennen, den es nicht gibt, auf einsinkender Watte zu stehen, die es nicht gibt. Ein Zwergstrandläufer kreuzt meinen Weg und blickt mich höhnisch an, eine Möwe schüttelt ihren schokoladen-braunen Kopf.

Auf dem Festland hatte ich die Unruhe mit meiner Arbeit narkotisiert und sie darüber fast vergessen. Allein in der Dämmerung, im kalten Liebesspiel von Tag und Nacht, zirkulierte ein wimmernder Kinderkreisel in Brust und Kopf. Ich hatte versucht, diese Unruhe zu vergessen. Manchmal hatte ich sie vergraben, oftmals im Bauch eines Patienten. Während der Operation hatte ich meine strudelnde Unruhe mittels Augen und Händen in den Bauch des Operierten gelegt, und endlich – wenn auch nur für kurze Zeit – verloren. Mit festen, kleinen Stichen nähte ich dann die Bauchdecke des Patienten zu. Und wenn es die Patienten merken ..., dachte ich danach, doch sie merkten es nie. Mitunter, an sehr schlechten Tagen, fragte ich einen Operierten, wie er sich fühle, ob er eine Unruhe in sich trage. Immer wieder verneinten sie und schüttelten gewissenhaft ihren Kopf. Dann untersuchte ich die frische Naht, klopfte sie mit ruhigen Händen ab, die in ihren innersten Adern zitterten. Bauchtücher, die rings um den Schnitt lagen, verschwanden bei meinen Operationen niemals, aber meine Unruhe. Und ich hatte Angst. Nachdem die zitternden Finger mit dem Beginn der Operation ruhiger wurden, hatte ich Angst, diese Unruhe in den Bauch des Operierten als Lunte hineingelegt zu haben. Davon wusste niemand. Deswegen fühlte ich mich später schuldig für den Tod einer Patientin, deren Augen selbst nach dem Tod unruhig funkelten. Hastig hatte ich ihre Augen zugedrückt. Ich hatte ihre Bauchhöhle mit einem Rippenbogenrandschnitt eröffnet, dann einen gutartigen Tumor entfernt und meine Unruhe dafür in sie gelegt. Diese Lunte hatte in ihr schließlich das Dynamit zur Explosion gebracht, und sie starb, wenige Minuten nachdem ich ihre Bauchdecke wieder zugenäht hatte.

Es ist ein Mahlstein, kein Wackerstein, der sich inwendig dreht. Bald muss SIE doch kommen. Und dann: Mit IHR zusammen sein, einfach so, ohne Worte, nicht viel Worte, Worte später, vielleicht später, viel später, in jedem Fall aber mit IHR, mit IHR sein, zusammen sein.

Ich setze mich in den Sand. Locker und leicht ist der Strandsand, ich grabe tiefer, bis dort, wo er nass zusammenklebt und ein wenig fester wird. Eine Haarspange, ganz verrostet, einst muss sie rosa gewesen sein. Ich versuche, sie in meinem Haar zu befestigen. Sand rieselt aus meinem Haar.

Nicht erst seit die alte Bäckerin mich fragte, ob ich eigentlich katholisch sei, will ich wieder einmal, nach acht Jahren – seit der Hochzeit meiner Schwester – eine wirkliche Predigt hören. Stätte letzter Zuflucht für Geschichten, hat einmal ein Freund gesagt.

Gute Nachrichten und schöne Geschichten will ich gerne hören, selbst die Kommunion entgegennehmen, ohne gebeichtet zu haben. Das Katzengold auf dem Talar wiedersehen, dem Pastor zuhören, wie er von etwas spricht, das man auch nicht fühlen kann.

Wie aus einem anderen Jahrhundert, so weit liegt die Begegnung am Bootssteg zurück. SIE war hier, ist wieder gegangen, also wird SIE auch wiederkommen. Das Passagierschiff Rosa gibt es zumindest immer wieder, und meine Hoffnung auf IHRE Ankunft, eine neue Ankunft.

Also in die Abendpredigt.

Ich schüttele den Sand aus Haaren und Kleidung und gehe über die Dünen auf das Dorf zu.

Schmucklos empfängt mich die Kirche. Ein aus der Kindheit vertrauter Geruch nach nassem Staub und Wänden. Es ist leiser als am Meer. Eine Handvoll Menschen sitzt auf Korbstühlen. Einige Insulaner halten dabei ihre Köpfe gesenkt, die Hände gefaltet. Ich setze mich, zwei Stuhlreihen vor dem Altar, auf einen der Stühle.

Einige Holzschiffe stehen um die Kanzel, Einmaster und Dreimaster, die Segel bräunlich verstaubt, des Dreimasters Großmast eingeknickt. Und wie zufällig angeschwemmt steht auch ein einzelnes Fischerboot dabei. Keines der Boote ist größer als ein Herz.

Ich sehe nach hinten. Auf der Empore steht eine silberne Orgel mit Pfeifen wie überlange Schnäbel. Ein Mann bleibt im Mittelgang unentschlossen stehen, knickt die Beine ein und setzt sich schüchtern auf einen der Korbstühle.

Wenig Sonne durchleuchtet das Mosaik des Kirchenfensters. Jesus steht aufrecht in einem Fischerboot. Sein Boot schwankt nicht, seine Jünger liegen ihm zu Füßen. Wellen aus Palmwedeln, der Himmel rechteckig blau, zu dem Jesus seine Handinnenseite streckt.

»Christ Kyrie. Komm zu uns auf die See!«, lese ich auf dem Mosaik.

Das ist der falsche Glaube.

Zwei weiße Kerzen vor dem Altar biegen demütig ihre weißen Dochte.

Eine rothaarige Frau steht plötzlich, mit dem Rücken zur Gemeinde, vor dem Altar. Das ist die falsche Kirche. Andächtig steht die Predigerin vor dem Altarbild, und die schnäbelnden Pfeifen der Orgel stimmen ein Lied an. Die Gemeinde singt mit, ich bleibe stumm. Ein Bienensummen in den Ohren. Auf grünem Grund ist ein goldenes Kreuz auf den Talar der Predigerin gestickt.

»Es ist gut, dass Sie an einem solchen Tag gekommen sind!«, sagt die Predigerin, deren blasse Lippen aufeinanderschlagen.

Nach und nach verändert sich etwas, geschieht etwas Unerwartetes, unergründlich Ambrosisches. Hinter dem Rücken der Predigerin verwandelt sich der an ein Kreuz geschmiedete Jesus. Seine kupferne Haut wird braun, die Augäpfel treten leicht hervor. Ich kann es nicht glauben. Aus der Bronzebrust Jesu quillt flüssiges Metall, das sich prall zu runden Brüsten verhärtet, rosa marmorierte Warzen, die sich in die Höhe recken. Unablässig starre ich darauf; aufgewühlt warte ich auf das Fallen des Lendentuchs.

Die Predigerin wendet sich von ihrer Gemeinde ab und sieht furchtsam auf mich in der zweiten Reihe. Ich keuche vor Aufregung. Erst bei den Fürbitten verstumme ich.

Die Gemeinde singt »... dass ich dir mög' vertrauen und nicht bauen auf all mein eigen Tun, sonst wird's mich ewig reuen ...«

Im Zwielicht haben sich scheu Jesu Brüste mit ihren erstarrten Warzen in die Bronzebrust zurückgezogen, zur göttlichen, flachen Brust. Ist er prüde? Die Brüste der Predigerin bleiben dagegen die ganze Zeit über im Verborgenen.

»Herr erbarme dich!«, ruft die Gemeinde.

In der Kirche ist es verboten, sich nach hinten zu wenden, sich umzudrehen und nach dem lachenden Gesicht meiner Schwester zu sehen, auf der anderen Seite, der Mädchenseite, hat man mir eingebläut. Erschöpft, wie im Gebet versunken, drehe ich mich zur hinteren Empore. Einige senken den Blick noch tiefer in ihr Gesangbuch. Ein Mann sieht mir trotzdem in die Augen, den ich einmal flüchtig am Strand getroffen habe. Der Mann schüttelt böse den Kopf. Vier Bänke dahinter sitzt eine Frau, die ich kenne. Anna Levins Gesicht ist rot.

Eine Minute später ruft die Predigerin: »Gehet hin in Frieden!«

Sie hat Hamsterbacken. Worte, die sie behalten möchte, speichert sie einfach in ihren Wangen. In der Höhle der Kirche hat sie ihren Bau angelegt. Kinder ersticken schon, wenn sie einen Tunnel graben wollen.

Die Predigerin durchschreitet die lichten Stuhlreihen und misst die Zahl der Gläubigen. Am Ausgang wartet sie auf jeden, gibt, vor Wehmut jünger geworden, einem jeden die Hand. Scheu nehme ich diese und gebe sie ihr schnell wieder zurück.

Vor den Treppenstufen der Tituskirche weint verhalten Anna Levin. Ich streife sie beim Vorübergehen an der Schulter. Einen Augenblick lang verliert Anna Levin das Gleichgewicht. Ich fasse sie kurz am Arm.

»Mein Vater ist tot», sagt sie, und Tränen laufen ihr über die roten Wangen. »Mein Bruder hat angerufen. Der Vater ist tot, und ich habe ihm nicht einmal Adieu gesagt.»

»Mein Beileid», sage ich und weiß eigentlich nicht, was ich jetzt noch sagen soll.

»Ich musste in die Kirche gehen. Es war kein Mensch im Haus. Aber zu seiner Beerdigung werde ich gehen. Morgen fahre ich aufs Festland, aber in zwei Tagen komme ich wieder. Dann werden wir uns ja am Hafen sehen, nicht wahr? Mein armer Vater. Und ich habe ihm nicht einmal Adieu sagen können.»

»Ja, das ist schön», sage ich, noch in Gedanken an Jesu Brüste. Anna Levin nimmt den Weg zur Pension. Mit schweren, kurzen Schritten folge ich ihr, sehe auf ihre schmalen Fesseln.

Abrupt bleibe ich stehen, schlage fest entschlossen den Weg zum Strand ein. Das Dreivierteldunkel des Inselabends und das Meeresleuchten begleiten meinen Weg. Weitergehen will ich, immer weiter, dann über das Meer schauen und von IHR träumen. Die Strandkörbe sind verschwunden. Eine Kraterlandschaft aus Sand und Muscheln hat sich dafür breitgemacht. Mondlicht. Das Meer schaukelt und wiegt meine Blicke müde.

X.

Es ist so weit. Ein Brief! SIE hat geschrieben, zwei unendlich lange Sätze. SIE wird kommen. SIE wird ankommen. Ich werde SIE vom Schiff abholen. SIE ist also auf dem Weg.

Ich lag wach, die ganze Nacht; schwere Glieder, brennende Augen und trockener Mund.

Ich stehe auf, trinke aus dem Wasserhahn, ziehe die Jalousie nach oben, verschließe das gekippte Fenster und lege mich wieder hin. Ich weiß nicht, wie viel Zeit mir noch bleibt, kann mich dennoch nicht entschließen, in Hose und Hemd zu schlüpfen. Warm über meinem Körper wogt wieder die erstarrte Federnwelle der Bettdecke.

Heute also. Wenig Zeit bleibt noch.

Stumpf kriechen die Minuten über die Stirn. Drei, vier, acht, zwanzig Minuten, ritzen sich unablässig in die Stirnfalten. Ich bewege mich kaum. Die Welle über mir, aus Federn, wärmt. Warum nicht einfach liegen bleiben? Sie wird mich schon finden, und ich werde wenigstens frisch rasiert sein.

Das Holz der Tür macht keine Geräusche. Nicht einmal Wind zieht pfeifend durch das Haus. Tastend ruhen die ersten Sonnenstrahlen auf dem Kleiderschrank. Die Intarsien: in rotes Holz eingelegte Buschwindröschen. Und heimlich, Minute um Minute, Millimeter für Millimeter wandern die Sonnenpunkte weiter. Schließlich kreisen erste Lichtflecken auf der Tür. Es gleicht einem auffordernd nervösen Klopfen.

Keine Zeit bleibt mehr.

Ich schalte das Neonlicht über dem Spiegel an und sofort wieder aus. Zum Rasieren bleibt keine Zeit mehr. Die Haare kämmen, den Schlaf aus den Augen kratzen.

Tausende Lichtflecken tanzen auf den Wänden; spielende Sonnenkatzen.

Alles dauert zu lange. Den Gürtel in die Schlaufe der Hose einzulegen, festzuzurren, und bis der Dorn die Schließe zu fassen bekommt. Unbegreiflicherweise springt der Dorn aus der Schließe, und noch einmal zurre ich den Gürtel fest und verankere den Dorn. Alles gibt heute nach. Auch die Schuhe zu binden, dauert eine Ewigkeit. Die Schleifen lösen sich nacheinander, und noch einmal binde ich mir die Schuhe, einen Doppelknoten zur Sicherheit. Alles muss noch einmal getan werden – heute. Und heute noch einmal zum Hafen; heute SIE endlich in die Arme schließen, nie mehr zum Hafen müssen. Heute in IHRE Augen sehen – heute.

Die Inselbahn kann ich zu Fuß nicht mehr erreichen, alles hat bis jetzt zu lange gedauert. Ich spurte die Treppen nach unten, renne sieben Häuser weiter und klingle Sturm im alten Fischerhaus.

»Hallo Leuchtreklamemann, vielleicht eine Tasse Tee?«
»Schnell zur Bahn, Dietrich. Bitte schnell zur Bahn!«

»Den Einspänner können wir nehmen. Mit dem schweren Pferdefuhrwerk kommen wir ansonsten zu spät. Nehmen wir den Einspänner, dann schaffen wir es!«, beruhigt mich Dietrich.

Die Stute gibt ihr Bestes. Schweiß glänzt auf ihrem holzbraunen Rücken, ihre Schultern bewegen sich im Takt eines schnellen Kolbenmotors. Krachend schlagen die Lederriemen der Peitsche über dem Pferderücken aufeinander. Schwarze Scheuklappen stehen im leichten Winkel von den Augen der Stute ab.

»Hüa!«, ruft Dietrich, schnalzt mit der Zunge, sorgt mit den Zügeln wie mit einem durchgetretenen Gaspedal für konstant schnelle Fahrt.

Stehend überwacht Dietrich den Trab der Stute. Dietrichs angespannte Muskeln und Sehnen, die sich durch die entblößten Waden und Schenkel sichtbar bewegen. Obwohl ich Sehnen weder durchtrennt noch zusammengefügt habe, widert mich diese unbändige Kraft unter Dietrichs Haut an. Wie hat man diese Kraft dort eingesperrt bekommen? Ist es nicht eine mit rostrotem Blut gespeiste Kraft? Sind Muskeln und Sehnen nicht eigentlich schlängelnde Würmer? Niemals zuvor war mir diese von Bindegewebe zusammengehaltene Kraft so zuwider gewesen.

Wie Meerschaum bei leichter Brise am Strand bauscht sich Schaum um das Maul des Pferdes: seine Nüstern – durchlöcherte Muscheln, der Körper der Strand.

Mit geschlossenem Mund sitze ich auf dem Kutschbock neben Dietrich. Wind und das Kreischen der Möwen ertrinken in meinen Ohren. Sonnenkatzen spielen auf meiner Haut Fangen.

»Leuchtreklamelippen!»

»Augen von Absinth!» Die Peitsche knallt. Ich zucke zusammen.

»Haare wie Marilyn Monroe!»

Dietrich grinst. »Wie steht es mit den Buben und Damen?», fragt er.

Gestern haben wir Skat gespielt. Danach sah er mir geduldig zu bei meinem Bube-Dame-Spiel, in dem sich nie gleich gesinnte Paare finden wollen.

Dietrich setzt sich, hält die Zügel locker in den Händen.

»Sag mal ehrlich, machst du das eigentlich mit Bedacht? Das mit den Karten, mit den Buben und Damen, dass die nie passen? Na jetzt sag mal!» Und er sieht mich forschend an.

»Gib mir die Peitsche, Dietrich!»

Die Peitsche schmatzt. Ich versuche es noch einmal, und sie schnalzt wie in einem trockenen Kindermund.

»So!», sagt Dietrich und übernimmt die Peitsche. Sie knallt; das Pferd stellt die Ohren auf, bewegt sich aber nicht schneller. Schaum tropft vom Maul ab.

Schweigend verharre ich auf dem Kutschbock, kaue auf meinen Lippen.

»Weich waren IHRE Lippen und warm.» Darüber knallt die Peitsche. »Hüa!«, schreie ich, schreie es wie aus Schmerz. Das Pferd kümmert sich nicht darum.

»Und, heute wieder am Hafen auf das Glück warten, wie?«, spaßt Dietrich und grüßt freundlich die Menschen auf der Straße.

»Na ja, manche warten auf den lieben Gott, andere auf ihre Rente und du eben ...»

»Dietrich, SIE hat geschrieben. Einen Brief!«, unterbreche ich Dietrich rasch. »Ich gebe dir den Brief. Lies ihn Dietrich. Lies ihn ruhig, lies ihn Buchstabe für Buchstabe. Bald ist SIE da, in wenigen Augenblicken wird SIE am Hafen sein, dann mit mir die Spuren des Mondes auf dem Wasser sehen. Überall wird SIE mit mir zusammen sein, Dietrich, SIE wird da sein!«, flüstere ich, ziehe den Brief aus der Innentasche meiner glatten, schwarzen Lederjacke, die in ihren trockenen Falten langsam an Farbe verliert.

Dietrich liest den Brief, lacht und sagt: »Na, dann klappt das ja doch noch mit euch beiden!«, und knallt die Peitsche. Das Pferd trottet. Dietrich lacht amüsiert. Er freut sich mit mir. Soll er sich doch freuen. Sie wird gleich da sein.

Mit wirbelnden Schlägen bearbeite ich das Holz des Kutschbocks, meine Knöchel werden rosa. Ein vergessener Apfel kullert auf dem Kutschbock hin und her, bis er über den Holzrand kullert, fällt und zwischen den Rädern zermatscht wird. Ruhelos klopfe ich auf das Holz.

Ängstlich sieht Dietrich zu mir. »Der Klabautermann klopft auch. Warte nur, gleich bricht ein Rad oder die Stute stolpert. Also hör auf zu klopfen.»

Nichts bricht, nichts versinkt. Die Sonne drückt sich noch ein wenig stärker durch die grauen Wolken, sonst nichts. Dreimal hintereinander knallt die Peitsche. Dietrich strafft die Zügel.

Die hinteren Abteile sind alle leer. Wenige fahren zum Hafen, Ankommende begrüßen. Ich strecke meinen Kopf aus dem Fenster, sauge den Schwefelgeruch ein, suche weit draußen auf dem Meer nach IHR, nach IHREM Schiff. Etwas wie ein rauchendes, weißes Stück Holz schwimmt am Horizont. Eine Viertelstunde noch. Nichts wird SIE mehr von mir trennen.

In einem der vorderen Abteile sitzt Til mit zwei älteren Sommergästen, die ich nicht kenne, schweigend beisammen.

»Wir spielen Skat!», sagt Til und spielt seine Karodame aus.

»SIE kommt, Til!»

»Die haben keine Chance! Ich spiele Null ouvert Hand!»

Eine Feuerlilie in der Hand und Gänseblümchen im Haar: Die Karodame, die mich anlächelt – ihr Brustschmuck strahlt grün.

Nie mehr nach Paaren suchen, nicht mehr in der Pension schlafen, nie mehr vergebens warten. Und ich verlasse das Abteil, gehe in das nächste leere, öffne das Fenster, fische aus der Jacke das Kartenspiel, werfe bis auf die Buben und Damen die Karten aus dem Fenster. Sehe mir ein letztes Mal noch die glatten Gesichter der Buben und Damen an und entlasse schließlich auch sie in die Freiheit.

Gespannt sehe ich aus dem Abteilfenster, beobachte das ankommende Passagierschiff Rosa. Weit beuge ich mich aus dem Abteilfenster, lege meinen Kopf ein wenig in den Nacken und sauge mit den Augen einige Sonnenstrahlen auf. Mit dem ersten Regentropfen, der auf meine Stirn fällt, hält die Inselbahn quietschend an.

Sicher wird Dietrich eine Decke über die nass geschwitzte Stute gelegt haben. Aus ihren Nüstern wird gleichmäßig warmer Atem kommen. Dietrich wird auch auf SIE warten. Ich werde mit IHR zusammen fahren. Dietrich wird SIE sehen, die Insulaner werden SIE sehen. Ich werde SIE endlich wieder spüren. Vom Himmel springen Regentropfen.

XI.

SIE trägt weiß. Obwohl IHR Blau besser steht. SIE lehnt mit dem Rücken an der Reling, den rechten Arm an das Rundeisen gestützt. Obwohl ich IHR Gesicht nicht sehe, erkenne ich SIE sofort. Ein sandfarbenes Seidentuch schlingt sich um ihren Hals, ein knallgelber Hut sitzt auf IHREN schönen Haaren.

Rechts und links neben IHR zwei Frauen, die ich nicht kenne. Ich winke IHR zu und die beiden anderen Frauen lächeln. Immer noch unbeweglich, ganz in Weiß, lehnt SIE mit dem Rücken an der Reling.

IHRE Schulterblätter. Und IHRE Haare, IHRE Augen und IHRE Lippen. An eine Lilie habe ich in der Eile nicht gedacht. Mein Herz springt fast entzwei.

Eine Frau ganz in Grün, dem Grün von Absinth, und eine Frau in leuchtendem Rot, dem Rot von Leuchtreklame. Fröhlich winken sie mir zu. Und dazwischen steht SIE, unbewegt, mit dem Rücken an die Reling gelehnt.

SIE ist es. SIE ist die vereinzelte weiße Wolke, die sich über das fast vollkommene Grau des Himmels zieht. SIE ist das Weiß der Augen, das Weiß des Blütensaftes. SIE ist das Weiß der geteerten Tage und wird es für immer und alle Ewigkeit bleiben, gleich, was geschehen mag.

Die Frau in Rot küsst SIE auf die Wange, die Frau in Grün auf die Stirn. Und dann erst rückt SIE mit IHREM langen

Rücken von der Reling ab, wendet sich um und verzieht keine Miene, als SIE mich sieht.

Ich habe gehofft, in IHREN Armen Ruhe zu finden, gehofft, IHR Mund wärmte mich bis zum jüngsten Tag, gewünscht, in IHREN Augen zu versinken in endlosem Glück.

SIE ruft mir etwas zu, das ich nicht verstehe. Und ich sehe erstaunt, wie sich IHRE schönen Lippen weit öffnen und etwas schrill Kreiselndes in meine Ohren platscht.

Ich renne über die Landungsbrücke auf die Rosa. Die Frau im grünen Kleid kichert, die Frau im roten Kleid kichert.

»Augen von Absinth!«, rufe ich über die Gangway.

»Haare wie Marilyn Monroe!«, schreie ich auf dem Sonnendeck und suche dort vergebens nach IHR.

Erst auf dem Promenadendeck sehe ich SIE in der Ferne an der Reling stehen. Weit öffne ich meine Arme, renne pfeilgeschwind auf SIE zu, flüstere stockend: »Lippen. Wie Leuchtreklame!«

Ich umschlinge SIE. Ich schließe die Augen. Ich fahre mit den Fingern der rechten Hand in meine Jackentasche, öffne die Augen, nicke. Halte ein Messer in der rechten Hand, ritze mit der goldenen Schneide IHR weißes Kleid an. Sorgfältig schneide ich IHR Kleid von oben nach unten auf. Sehe SIE lächelnd an.

SIE weint.

Behutsam setze ich das Messer neu an, schließe die Augen und ramme das Messer tief in IHREN Bauch, ziehe das Messer sanft heraus und lege meine Hände schützend auf IHRE quellende Wunde.

IHR weißes Kleid rötet sich sehr schnell. SIE fällt. SIE schweigt.

Die Wolkenwand reißt auf, die Sonne wirft mit ausgebreiteten Armen Larven aus Licht in IHRE aufgerissenen Augen und weiße Schmetterlinge schlüpfen, kriechen aus IHREN Augen, schütteln die weißen Flügel trocken, fliegen auf und kommen dem Meer gefährlich nahe. Ich weine, als die Schmetterlinge im Meer ertrinken.

»DEIN schönes Blut färbt das ganze Meer«, versuche ich IHR zu erklären.

Ich lehne mich an die Reling und sehe SIE erschöpft an. Ein Schlaflied will ich noch für SIE singen, doch schon höre ich laute Stimmen.

»Mörder!«, ruft man, und ich sehe noch, wie das rote und das grüne Kleid zusammen in Windeseile von Bord stürzen. IHR weißes Kleid wird rostrot. IHRE Haare sammeln sich auf IHREM Gesicht.

Ein Mann schlägt mich nieder. Ich kenne ihn nicht. Sie halten mich fest, wollen mich nicht mit IHR allein lassen. Warum nicht?

Schweigende Menschen umringen mich, öffnen ihren Kreis – auffliegende Spatzen im Regen. Sie tragen mich in die Kapitänskajüte, zusammen mit IHR, drücken mich auf einen Stuhl. Der Kapitän sieht auf mich wie ein hungriger Rabe. Ich höre sein Krächzen und das Hacken des klobigen Schnabels, bleibe stumm.

Fest schläft SIE auf dem Tisch des Kapitäns. Auf IHREM rostrot gefärbten Kleid schwimmen rot glitzernde Fische, die ich jetzt gerne angeln würde. IHRE Augenlider hat man zugedrückt, obwohl ich protestierte. IHRE Augen sahen so schön aus. IHR Mund brennt rot. IHR Gesicht – mondgelb, IHRE Haut – seidenmatt, IHRE Haare – sie sind so schnell braun geworden.

»Anna!«, schreit Til.

Bebend steht er vor mir. Warum ruft Til nach Anna? Warum sucht er sie hier? Sie ist nicht hier. Meine Wirtin ist in der Pension, immer. Immer ist sie in der Pension.

»Anna!«, flüstert Til und schluckt trocken.

Lächelnd sehe ich erst zu ihm, dann zu IHR. Lippen, rot wie Leuchtreklame, Augen von Absinth, Haare wie Marilyn Monroe – all das hat einzig SIE.

»Kennt jemand diesen Mann?«, fragt der Kapitän. Er packt und schüttelt mich dabei, als ob er einen Fisch trocken schütteln wollte.

Til und zwei Sommergäste nicken. Sicher kennen sie mich, wir haben doch Skat gespielt. Und dann habe ich immer die Damen und Buben nach Paaren ...

»Anna«, wispert Til und schaut mich an. »Warum hast du Anna getötet?«

Was meint Til? Ich habe niemanden getötet. SIE ist jetzt bei mir – für immer. Und was will er von Anna? Anna Levin wird doch jetzt, wie immer um diese Zeit, Betten aufschütteln in der Pension. Aber ich habe SIE gefunden. Wir werden uns versöhnen, und wir werden für immer und ewig zusammen sein.

Til hebt die Hand zum Schlag. Was hat er nur gegen mich? Ich habe ihm doch nichts getan!

Schweigend starren mich alle an. Til spuckt aus – auf den Boden. Der Kapitän kommt noch einmal auf mich zu. Er bindet mir mit einer festen Schnur die Hände auf den Rücken, wickelt eine weitere Schnur um meine Beine.

Aber ich werde sowieso nicht weglaufen. Schließlich habe ich SIE gefunden. SIE hat mich gefunden. WIR haben UNS gefunden. Jetzt ist alles gut.

Und später werden WIR am Strand spazieren gehen, vielleicht auf Pinocchio warten, dann die Schuhe ausziehen und UNS zum Schlafen auf den heißen Sand legen, das rostrote Meer begrüßen. Und alle anderen werden weiter glauben, das Meer sei blau.

MIX

Papier | Fördert
gute Waldnutzung

FSC® C083411

Zeitfracht Medien GmbH
Ferdinand-Jühlke-Straße 7
99095 Erfurt, Deutschland
produktsicherheit@kolibri360.de